2969

D0471282

ADULTERIO

ADULTERIO

PAULO COELHO

VINTAGE ESPAÑOL

UNA DIVISIÓN DE PENGUIN RANDOM HOUSE LLC

NUEVA YORK

PRIMERA EDICIÓN VINTAGE ESPAÑOL EN TAPA DURA,
AGOSTO 2014

Copyright de la traducción © 2014 por Pilar Obón

Todos los derechos reservados. Publicado en los Estados Unidos
de América por Vintage Español, Nueva York, una división de
Random House LLC, y en Canadá por Random House of Canada
Limited, Toronto, compañías Penguin Random House. Editado
y publicado según acuerdo con Sant Jordi Asociados Agencia
Literaria, S.L.U., Barcelona, España. Copyright © 2014 por Paulo
Coelho. Originalmente publicado en portugués en Brasil como
Adultério por Editora Sextante, Río de Janeiro, en 2014, y
posteriormente en español en México por Penguin Random House
Grupo Editorial, S. A. de C. V., México, D.F.

Vintage es una marca registrada y Vintage Español y su colofón
son marcas de Random House LLC.

Vintage Español ISBN en tapa dura: 978-1-101-87222-2

Diseño de Claudia Martinez

www.vintageespanol.com

Impreso en los Estados Unidos de América
10 9 8 7 6 5 4 3 2 1

Oh, María, sin pecado concebida,
ruega por nosotros que a Ti recurrimos. Amén

Ve donde las aguas son más profundas.

LUCAS, 5:4

ADULTERIO

CADA mañana, cuando abro los ojos a lo que llaman "el nuevo día", tengo ganas de cerrarlos otra vez y no levantarme de la cama. Pero es necesario.

Tengo un marido maravilloso, perdidamente enamorado de mí, dueño de un respetable fondo de inversiones y que todos los años, incluso en contra de su voluntad, figura en la lista de las 300 personas más ricas de Suiza, según la revista *Bilan*.

Tengo dos hijos que son mi "razón de vivir" (como dicen mis amigas). Muy temprano debo servirles el desayuno y llevarlos a la escuela, a cinco minutos a pie de casa, donde estudian en horario integral, lo que me permite trabajar y ocupar mi tiempo. Después de clases, una nana filipina los cuida hasta que mi marido y yo llegamos a casa.

Me gusta mi empleo. Soy una periodista prestigiada en un respetable diario que puede ser encontrado en casi todas las esquinas de Ginebra, donde vivimos.

Una vez por año viajo de vacaciones con toda la familia, generalmente a lugares paradisiacos, con playas maravillosas, en ciudades exóticas y con una población pobre que nos hace sentir todavía más ricos, privilegiados y agradecidos por las bendiciones que la vida nos ha concedido.

Pero todavía no me presento. Mucho gusto, mi nombre es Linda. Tengo trienta y tantos años, mido 1.75 metros de altura, peso 68 kilos y me visto con las mejores ropas que el dinero puede comprar (gracias a la generosidad sin límites de mi marido). Despierto el deseo en los hombres y la envidia en las mujeres.

Sin embargo, cada mañana, cuando abro los ojos a este mundo ideal con el que todos sueñan y que pocos pueden conquistar, sé que el día será un desastre. Hasta principios de este año yo no cuestionaba nada, sólo seguía con mi vida, aunque de vez en cuando me sentía culpable por tener más de lo que merezco. Un bello día, mientras preparaba el desayuno para todos (recuerdo que ya era primavera y las flores comenzaban a despuntar en nuestro jardín), me pregunté: Entonces, ¿esto es todo?

No debía haber hecho esa pregunta. Pero la culpa fue de un escritor que había entrevistado la víspera y que, en determinado momento, me dijo:

—No tengo el menor interés en ser feliz. Prefiero vivir enamorado, lo cual es un peligro, pues nunca sabemos qué vamos a encontrar más adelante.

Entonces pensé: pobrecito. Nunca está satisfecho. Va a morir triste y amargado.

Al día siguiente me di cuenta de que yo no corría riesgo alguno.

Sé lo que voy a encontrar más adelante: otro día exactamente igual al anterior. ¿Enamorada? Bien, amo a mi marido, lo que es una garantía de que no voy a caer en una depresión por verme obligada a vivir con alguien sólo por cuestiones financieras, por los hijos o por las apariencias.

Vivo en el país más seguro del mundo, todo en mi vida está en orden, soy una buena madre y esposa. Tuve una rígida educación protestante y pretendo transmitirla a mis hijos. No doy ningún paso en falso, porque sé que puedo arruinarlo todo. Hago todas las cosas con la máxima eficiencia y el mínimo involucramiento personal. De joven sufrí por amores no correspondidos, como cualquier persona normal.

Pero desde que me casé, el tiempo se detuvo.

Hasta que me topé con aquel maldito escritor y su respuesta. Vaya, ¿qué hay de malo en la rutina o el tedio?

Para ser sincera, absolutamente nada. Sólo...

...sólo el terror secreto de que todo cambie de una hora para otra, tomándome completamente desprevenida.

A partir del momento en que tuve ese pensamiento nefasto, durante una mañana maravillosa, comencé a asustarme. ¿Estaba en condiciones de enfrentar el mundo sola si mi marido muriera? Sí, me respondí a mí misma, porque su herencia sería suficiente para mantener a varias generaciones. Y si yo muriera, ¿quién cuidaría de mis hijos? Mi adorado marido. Pero él acabaría casándose con otra, porque es rico, encantador e inteligente. ¿Estarían mis hijos en buenas manos?

Mi primer paso fue intentar responder a todas mis dudas. Y mientras más respondía, más preguntas surgían. ¿Se conseguirá él una amante cuando yo sea vieja? ¿Tendrá ya a otra persona, porque ya no hacemos el amor como antes? ¿Pensará que yo tengo a otra persona, porque no he demostrado mucho interés en los últimos tres años?

Nunca peleamos por celos, y yo creía que eso era estupendo, pero a partir de aquella mañana de primavera comencé a sospechar que no pasaba de ser una total falta de amor por ambas partes.

Hice lo posible por no pensar más en el asunto.

Durante una semana, siempre que salía del trabajo, iba a comprar algo a la Rue de Rhône. Nada que me interesara mucho, pero por lo menos sentía que estaba, digamos, cambiando algo. Necesitando un artículo que no necesitaba antes. Descubriendo un electrodoméstico que desconocía, aunque sea muy difícil que surja una novedad en el reino de los electrodomésticos. Evitaba entrar a las tiendas para niños, para no echar a perder a mis hijos con regalos diarios. Tampoco iba a las tiendas de artículos masculinos, para que mi marido no comenzara a sospechar de mi extrema generosidad.

Cuando llegaba a casa y entraba en el reino encantado de mi mundo particular, todo parecía maravilloso durante tres o cuatro horas, hasta que todos se iban a dormir. Entonces, la pesadilla se fue instalando poco a poco.

Imagino que la pasión es para los jóvenes, y que su ausencia debe ser normal a mi edad. No es eso lo que me llena de pavor.

Hoy, algunos meses después, soy una mujer desgarrada entre el terror de que todo cambie y el terror de que todo siga siendo igual por el resto de mis días. Algunas personas dicen que, a medida que se aproxima el verano, comenzamos a tener ideas un poco extrañas, nos sentimos más pequeños porque pasamos más tiempo al aire libre y eso nos da la dimensión del mundo. El horizonte queda más distante, más allá de las nubes y de las paredes de nuestra casa.

Puede ser. Pero ya no logro dormir bien y no es por causa del calor. Cuando llega la noche y nadie está mirando, todo me da pavor: la vida; la muerte; el amor y la falta de él; el hecho de que todas las novedades se estén convirtiendo en hábitos; la sensación de que estoy perdiendo los mejores años de mi vida en una rutina que se repetirá hasta que me muera; y el pánico de enfrentar lo desconocido, por más excitante y aventurero que sea.

Naturalmente, procuro consolarme con el sufrimiento ajeno.

Enciendo la televisión para ver un noticiero cualquiera. Veo una infinidad de noticias sobre accidentes, desposeídos por fenómenos de la naturaleza, refugiados. ¿Cuántas personas enfermas hay en el planeta en este momento? ¿Cuántas están sufriendo, en silencio o a gritos, injusticias y traiciones? ¿Cuántos pobres, desempleados o presos existen en el mundo?

Cambio de canal. Veo una novela o una película y me distraigo por minutos o por horas. Muero de miedo de que mi marido despierte y pregunte: "¿Qué pasa, mi amor?", porque yo tendría que responder que todo está bien. Peor sería, como ya sucedió dos o tres veces el mes pasado, si cuando nos despertáramos él decidiera poner su mano en mi muslo, subirla muy despacio y comenzar a tocarme. Puedo fingir el orgasmo;

ya lo hice muchas veces, pero no puedo simplemente decidir humedecerme.

Tendría que decir que estoy cansadísima y él, sin confesar jamás que se molestó, me daría un beso, se volvería para el otro lado, vería las últimas noticias en su tablet y esperaría al día siguiente. Y entonces yo rogaría para que estuviera cansado, muy cansado.

Pero no siempre es así. De vez en cuando tengo que tomar la iniciativa. No puedo rechazarlo dos noches seguidas, o él acabará buscándose una amante, y no quiero perderlo, de ninguna manera. Con un poco de masturbación consigo mojarme antes y todo vuelve a la normalidad.

"Todo vuelve a la normalidad" significa: nada será como antes, como en la época en que todavía éramos un misterio el uno para el otro.

Mantener el mismo fuego después de diez años de matrimonio me parece una aberración. Y cada vez que finjo placer en el sexo, muero un poco por dentro. ¿Un poco? Creo que me estoy vaciando más rápido de lo que pensaba.

Mis amigas dicen que tengo suerte, porque les miento diciendo que hacemos el amor con frecuencia, así como ellas me mienten diciendo que no saben cómo sus maridos consiguen mantener el mismo interés. Afirman que en realidad el sexo en el matrimonio sólo es interesante los cinco primeros años y que, después de eso, se necesita un poco de fantasía. Cerrar los ojos e imaginar que tu vecino está encima de ti, haciendo cosas que tu marido jamás se atrevería a hacer. Imaginarte siendo poseída por él y por tu marido al mismo tiempo, todas las perversiones posibles y todos los juegos prohibidos.

HOY, cuando salí para llevar a los niños al colegio, me quedé mirando a mi vecino. Nunca lo imaginé encima de mí; prefiero pensar en un joven reportero que trabaja conmigo y aparenta un estado permanente de sufrimiento y soledad. Nunca lo vi intentar seducir a nadie y es justamente ahí donde está su encanto. Ya todas las mujeres de la redacción comentaron una u otra vez que "les gustaría cuidar de él, pobrecito". Creo que él tiene conciencia de eso y se conforma con ser un simple objeto de deseo, nada más. Tal vez sienta lo mismo que yo: un miedo terrible de dar un paso adelante y arruinarlo todo: su empleo, su familia, su vida pasada y futura.

Pero en fin... Observé a mi vecino esta mañana y sentí unas enormes ganas de llorar. Él estaba lavando su auto y pensé: Vaya, otra persona igual a mi marido y a mí. Un día haremos lo mismo. Los hijos habrán crecido y se habrán mudado a otra ciudad o incluso a otro país; nosotros estaremos jubilados y lavaremos nuestros autos, aunque podamos pagar a alguien que lo haga por nosotros. Sin embargo, después de determinada edad, es importante hacer cosas irrelevantes para pasar el tiempo, mostrar a los demás que nuestros cuerpos todavía funcionan bien, que no perdemos la noción del dinero y que continuamos realizando ciertas tareas con humildad.

Un auto limpio no hará una gran diferencia para el mundo. Pero esa mañana era lo único que le importaba a mi vecino. Él me deseó un excelente día, sonrió y volvió a su trabajo, como si estuviera cuidando de una escultura de Rodin.

DEJO mi auto en un estacionamiento —"¡Use el transporte público hasta el centro!" "¡Basta de contaminar el ambiente!"—, tomo el autobús de siempre y voy mirando las mismas cosas en el camino al trabajo. Ginebra parece no haber cambiado nada desde que yo era niña: las viejas casas señoriales insisten en permanecer entre los edificios construidos por algún alcalde loco que descubrió la "nueva arquitectura" en los años cincuenta.

Siempre que viajo, extraño esto. El tremendo mal gusto, la falta de grandes torres de vidrio y acero, la ausencia de vías rápidas, las raíces de los árboles reventando el concreto de las banquetas y haciéndonos tropezar a cada momento, los jardines públicos con misteriosas cerquitas de madera donde nace todo tipo de hierba, porque "la naturaleza es así"… En fin, una ciudad diferente de todas las otras que se modernizaron y perdieron el encanto.

Aquí todavía decimos "buenos días" al cruzarnos con un desconocido por el camino y "hasta luego" al salir de una tienda donde compramos una botella de agua mineral, aunque no tengamos intención de volver nunca más. Todavía conversamos con extraños en el autobús, aunque el resto del mundo imagine que los suizos son discretos y reservados.

¡Qué idea más equivocada! Pero es bueno que piensen así de nosotros, porque de esa manera conservaremos nuestro estilo de vida por otros cinco o seis siglos, antes de que las invasiones bárbaras atraviesen los Alpes con sus maravillosos equipos electrónicos, sus departamentos de cuartos pequeños y sus grandes salas para impresionar a los invitados, sus mujeres excesivamente maquilladas, sus hombres que hablan muy alto y molestan a los vecinos, y sus adolescentes que se visten con rebeldía, pero mueren de miedo de lo que sus padres piensan.

Dejen que todos piensen que sólo producimos queso, chocolate, vacas y relojes. Que crean que existe un banco en cada esquina de Ginebra. No estamos ni un poco interesados en cambiar esa visión. Somos felices sin las invasiones bárbaras. Estamos todos armados hasta los dientes —como el servicio militar es obligatorio, cada suizo posee un rifle en casa—, pero rara vez se escucha hablar de que una persona haya decidido dispararle a otra.

Hace siglos somos felices sin cambiar nada. Sentimos orgullo de haber permanecido neutrales cuando Europa envió a sus hijos a guerras sin sentido. Nos alegramos por no tener que dar explicaciones a nadie sobre la apariencia poco atractiva de Ginebra, con sus cafés de finales del siglo XIX y señoras ancianas caminando por la ciudad.

"Somos felices" tal vez sea una afirmación falsa. Todos son felices menos yo, que en este momento sigo hacia el trabajo pensando qué hay de equivocado en mí.

OTRO día y otra vez el periódico se esfuerza por encontrar noticias interesantes más allá del acostumbrado accidente automovilístico, el asalto (sin ser a mano armada) o el incendio (hacia donde se trasladan decenas de autos con personal altamente calificado, que inunda un viejo departamento porque el humo de un asado olvidado en el horno acabó asustando a todo el mundo).

Otro regreso a casa, el placer de cocinar, la mesa puesta y la familia reunida en torno a ella, agradeciendo a Dios el alimento que recibimos. Otra noche en la que, después de cenar, cada uno se va a su rincón: el padre a ayudar a los hijos con la tarea; la madre a dejar la cocina limpia, la casa lista, el dinero de la empleada, que llegará mañana muy temprano.

Durante esos meses hubo momentos en que me sentí muy bien. Creo que mi vida tiene sentido, que ese es el papel del ser humano en la Tierra. Los niños perciben que su madre está en paz, el marido es más amable y atento, y la casa entera parece tener luz propia. Somos el ejemplo de felicidad para el resto de la cuadra, de la ciudad, del estado, que aquí llamamos cantón, del país.

Y de repente, sin ninguna explicación razonable, entro en la regadera y estallo en llanto. Lloro en el baño porque así nadie puede escuchar mis sollozos y hacer la pregunta que tanto detesto escuchar: "¿Todo bien contigo?"

Sí, ¿por qué no lo estaría? ¿Ves algo malo en mi vida?

Nada.

Sólo la noche que me llena de pavor.

El día que no me trae ningún entusiasmo.

Las imágenes felices del pasado y las cosas que podrían haber sido y no fueron.

El deseo de aventura jamás realizado.

El terror de no saber lo que pasará con mis hijos.

Y entonces el pensamiento comienza a girar en torno a las cosas negativas, siempre las mismas, como si un demonio estuviera al acecho en un rincón del cuarto, para saltar sobre mí y decir que eso que yo llamaba "felicidad" era sólo un estado pasajero, que no podía durar mucho. Yo siempre lo supe, ¿no?

Quiero cambiar. Necesito cambiar. Hoy en el trabajo mostré más irritación de lo normal, sólo porque un becario se tardó en buscar el material que le pedí. Yo no soy así, pero poco a poco estoy perdiendo el contacto conmigo misma.

Es una tontería culpar al escritor y a su entrevista. Eso fue hace meses. Él sólo destapó la boca de un volcán que puede entrar en erupción en cualquier momento, sembrando muerte y destrucción a su alrededor. Si no hubiera sido él, habría sido una película, un libro, alguien con quien intercambie dos o tres palabras. Imagino que algunas personas pasan años dejando que la presión crezca dentro de ellas, sin siquiera notarlo, y un bello día cualquier tontería hace que pierdan la cabeza.

Entonces dicen: "Basta. Ya no quiero más".

Algunas se matan. Otras se divorcian. Hay quienes se van a las áreas pobres de África a intentar salvar al mundo.

Pero yo me conozco. Sé que mi única reacción será sofocar lo que siento, hasta que un cáncer me corroa por dentro. Porque realmente creo que gran parte de las enfermedades son resultado de emociones reprimidas.

DESPIERTO a las dos de la mañana y me quedo mirando al techo, incluso a sabiendas de que necesito levantarme temprano al día siguiente, algo que simplemente detesto. En vez de pensar en algo productivo como "lo que me está pasando", simplemente no logro controlar mis ideas. Hay días, aunque pocos, gracias a Dios, en que me pregunto si debo ir a un hospital psiquiátrico a buscar ayuda. Lo que me impide hacerlo no es mi trabajo ni mi marido, sino los niños. Ellos no pueden percibir lo que siento, de ninguna manera.

Todo está más intenso. Vuelvo a pensar en un matrimonio, el mío, en que los celos nunca forman parte de una discusión. Pero nosotras, las mujeres, tenemos un sexto sentido. Tal vez mi marido haya encontrado a otra y yo lo esté percibiendo inconscientemente. Sin embargo, no hay motivo alguno para sospechar de él.

¿No es eso un absurdo? ¿Será que, entre todos los hombres del mundo, me vine a casar con el único que es absolutamente perfecto? No bebe, no sale de noche, no tiene un día para estar sólo con los amigos. Su vida se resume a su familia.

Sería un sueño si no fuera una pesadilla. Porque mi responsabilidad de corresponder a eso es gigantesca.

Entonces me doy cuenta de que palabras como "optimismo" y "esperanza", que leemos en todos los libros que intentan dejarnos seguros y preparados para la vida, no pasan de ser eso: palabras. Quizás los sabios que las pronunciaron estaban buscándoles un sentido y nos usaron como conejillos de Indias, para ver cómo reaccionaríamos a ese estímulo.

En verdad estoy cansada de tener una vida feliz y perfecta. Y eso puede ser señal de alguna enfermedad mental.

Me duermo pensando en eso. ¿Quién sabe si no tengo algún problema serio?

VOY a almorzar con una amiga.

Ella sugirió que nos encontráramos en un restaurante japonés del que nunca había oído hablar, lo que es extraño, pues adoro la comida japonesa. Me garantizó que el lugar era excelente, aunque estaba un poco lejos de mi trabajo.

Fue difícil llegar. Tuve que tomar dos autobuses y encontrar a alguien que me indicara la plaza donde queda el "excelente restaurante". Pensé que todo era horrible: la decoración, las mesas con manteles de papel, la falta de vista. Pero ella tiene razón. Es una de las mejores comidas que he probado en Ginebra.

—Yo siempre comía en el mismo restaurante, que creía era razonable, pero nada especial —dice ella—. Hasta que un amigo mío que trabaja en la misión diplomática de Japón me sugirió éste. Pensé que el lugar era horrible, como tú también debes haber pensado. Pero los mismos dueños son los que cuidan del restaurante, y eso hace toda la diferencia.

Yo siempre voy a los mismos restaurantes y pido los mismos platillos, pienso. Ni en eso soy ya capaz de arriesgarme.

Mi amiga toma antidepresivos. Lo último que deseo es conversar con ella sobre ese asunto, porque hoy llegué a la conclusión de que estoy a un paso de la enfermedad y no quiero aceptarlo.

Y justamente por haberme dicho a mí misma que eso era lo último que quisiera hacer, es lo primero que hago. La tragedia ajena siempre ayuda a disminuir nuestro sufrimiento.

Le pregunto cómo se ha sentido.

—Mucho mejor. Aunque las medicinas se tardan en hacer efecto, una vez que comienzan a actuar en nuestro organismo recuperamos el interés por las cosas, que vuelven a tener color y sabor.

O sea: el sufrimiento se transformó en otra fuente más de lucro para la industria farmacéutica. ¿Está triste? Tome esta píldora y sus problemas se acabarán.

Sondeo con delicadeza si está interesada en colaborar en un gran artículo sobre depresión para el periódico.

—No vale la pena. Ahora las personas comparten todo lo que sienten en internet. Y existen las pastillas.

¿Qué se discute en internet?

—Los efectos colaterales de los medicamentos. Nadie está interesado en los síntomas de los demás, porque es algo contagioso. De pronto podemos comenzar a sentir algo que no sentíamos antes.

¿Nada más?

—Ejercicios de meditación. Pero no creo que den mucho resultado. Ya los probé todos, pero sólo mejoré realmente cuando decidí aceptar que tenía un problema.

¿Pero saber que no estás sola no ayuda en nada? ¿Discutir lo que se siente a causa de la depresión no es bueno para todo el mundo?

—De ninguna manera. Quien salió del infierno no tiene el menor interés en saber cómo sigue la vida allá adentro.

¿Por qué pasaste tantos años en ese estado?

—Porque no creía que podía estar deprimida. Y porque cuando lo comentaba contigo o con otras amigas, todas decían que era una tontería, que las personas que realmente tienen problemas no tienen tiempo para deprimirse.

Es verdad; yo realmente dije eso.

Insisto: creo que un artículo o un *post* en un *blog* tal vez ayude a las personas a soportar la enfermedad y a buscar ayuda. Ya que yo no estoy deprimida y no sé cómo es eso —enfatizo—, ¿no puedes al menos hablarme un poco al respecto?

Ella titubea. Pero es mi amiga y tal vez sospecha algo.

—Es como estar en una trampa. Sabes que estás presa, pero no logras…

Fue exactamente lo que yo había pensado algunos días antes.

Ella comienza a enumerar una serie de cosas que parecen comunes a todos los que ya visitaron lo que llama "el infierno". Falta de ganas de levantarte de la cama. Las tareas más simples se transforman en esfuerzos hercúleos. El sentimiento de culpa por no tener motivo alguno para estar así, mientras que tanta gente en el mundo sufre de verdad.

Intento concentrarme en la excelente comida, que a estas alturas ya comenzó a perder el sabor. Mi amiga continúa:

—Apatía. Fingir alegría, fingir tristeza, fingir el orgasmo, fingir que te estás divirtiendo, fingir que dormiste bien, fingir que vives. Hasta que llega el momento en que hay una línea roja imaginaria y entiendes que, si la cruzas, ya no habrá regreso. Entonces dejas de reclamar, porque reclamar significa que al menos estás luchando contra algo. Aceptas el estado vegetativo y procuras esconderlo de todo el mundo. Lo que da un inmenso trabajo.

¿Y qué provocó tu depresión?

—Nada en especial. Pero, ¿por qué tantas preguntas? ¿Estás sintiendo algo?

¡Claro que no!

Es mejor cambiar de tema.

Hablamos del político que voy a entrevistar en dos días: un ex novio mío de la secundaria que tal vez ni se acuerde que intercambiamos algunos besos y que tocó mis senos que todavía no estaban completamente formados.

Mi amiga se pone eufórica. Yo sólo intento no pensar en nada; mis reacciones en piloto automático.

Apatía. Todavía no he llegado a ese estado; protesto por

lo que me está pasando, pero imagino que dentro de poco —puede ser una cuestión de meses, días u horas— puede instalarse la completa falta de interés por todo, y será muy difícil apartarla.

Parece que mi alma está dejando lentamente mi cuerpo y yéndose a un lugar que desconozco, un lugar seguro, donde no necesite aguantarme a mí ni a mis terrores nocturnos. Como si yo no estuviera en un restaurante japonés feo, pero con una comida deliciosa, y todo lo que estoy viviendo sea apenas una escena de una película que estoy mirando sin querer, o poder, interferir.

DESPIERTO y repito los mismos rituales de siempre: cepillarme los dientes, arreglarme para ir al trabajo, ir al cuarto de los niños y despertarlos, preparar el desayuno de todos, sonreír, decir que la vida es bella. A cada minuto y en cada gesto, siento un peso que no logro identificar, así como el animal no entiende bien de qué manera fue capturado en una trampa.

La comida es insípida; en contrapartida, mi sonrisa se alarga todavía más (para que no sospechen), las ganas de llorar son tragadas, la luz parece gris.

La conversación de ayer no me hizo bien: comienzo a creer que estoy dejando de rebelarme y que camino de prisa hacia la apatía.

¿Nadie lo notará?

Claro que no. Al final, yo sería la última persona del mundo en admitir que necesito ayuda.

Éste es mi problema: el volcán explotó y ya no se puede volver a meter la lava, sembrar y cultivar pasto y árboles, y poner algunas ovejas pastando por ahí.

Yo no merecía eso. Siempre intenté cumplir con las expectativas de todo el mundo. Pero ocurrió y no puedo hacer nada, excepto tomar medicina. Tal vez invente hoy mismo una excusa para escribir un artículo sobre psiquiatría y seguro social (ellos adoran ese tema) y acabe encontrando un buen psiquiatra a quien pedir ayuda, a pesar de que eso no sea ético. Pero no todo es ético.

No tengo ninguna obsesión que ocupe mi mente, como hacer dieta, por ejemplo. O la manía de limpieza de quien siempre encuentra defectos en el trabajo de la empleada, que llega a las ocho de la mañana y sale a las cinco de la tarde, después de lavar y planchar la ropa, arreglar la casa y, de vez en cuando, ir al supermercado. No puedo descargar mis frustraciones buscando ser una supermadre, porque los niños lo resentirían el resto de sus vidas.

Salgo para el trabajo y veo de nuevo al vecino puliendo el auto. ¿Qué no lo hizo ayer?

Sin poder contenerme, me acerco y le pregunto por qué.

—Me faltaron algunas cosas —responde él, después de darme los buenos días, preguntar cómo está mi familia y comentar que mi vestido es lindo.

Miro el auto, un Audi (uno de los apodos de Ginebra es *Audiland*). Me parece perfecto. Él me muestra uno que otro pequeño detalle donde todavía no brilla como debería hacerlo.

Alargo un poco la conversación y acabo preguntándole qué piensa de lo que buscan las personas en la vida.

—Eso es fácil. Pagar sus cuentas. Comprar una casa como la suya o la mía. Tener un jardín con árboles, recibir a los hijos y a los nietos para la comida del domingo. Viajar por el mundo después de la jubilación.

¿Eso es lo que las personas desean de la vida? ¿Realmente es eso? Hay algo muy equivocado en este mundo, y no son las guerras en Asia o en el Medio Oriente.

Antes de ir a la redacción, tengo que entrevistar a Jacob, mi antiguo novio de la secundaria. Ni eso me anima; realmente estoy perdiendo el interés por las cosas.

ESCUCHO informaciones que no pedí sobre programas de gobierno. Hago preguntas para acorralarlo, pero él se evade con elegancia. Es un año menor que yo, aunque parezca cinco años mayor. Me guardo esa observación para mí.

Claro que me gustó volver a verlo, aunque hasta el momento no me haya preguntado qué ocurrió con mi vida desde que cada uno siguió su camino después de graduarnos. Está concentrado en sí mismo, en su carrera, en su futuro, mientras yo me quedo mirando embobada al pasado, como si todavía fuera la adolescente con frenos en los dientes, y aun así envidiada por las otras chicas.

Después de algún tiempo dejo de escucharlo y entro en piloto automático. Siempre el mismo guión, los mismos asuntos: reducir los impuestos, combatir la delincuencia, controlar mejor la entrada de los franceses (llamados "fronterizos") que ocupan puestos de empleo que deberían ser para los suizos. Un año entra, un año sale, los temas siguen siendo los mismos y los problemas continúan sin solución, porque nadie se interesa de verdad por eso.

Después de veinte minutos de conversación, comienzo a preguntarme si tamaño desinterés es consecuencia de mi extraña condición actual. Pero no. No hay nada más aburrido que entrevistar a políticos. Habría sido mejor que me hubieran mandado a cubrir un crimen. Los asesinos son bastante más auténticos.

Y, comparados con los representantes del pueblo en cualquier otro lugar del planeta, los nuestros son los menos interesantes y los más insípidos. Nadie quiere saber de sus vidas privadas. Sólo dos cosas pueden resultar en escándalo: corrupción y drogas. Ahí el caso cobra proporciones gigantescas y rinde más de lo que debería, por la absoluta falta de temas en los periódicos.

Pero, ¿quién quiere saber si ellos tienen amantes, frecuentan burdeles o decidieron asumir su homosexualidad? Nadie. Sigan haciendo aquello para lo que fueron electos, no agoten el presupuesto público y todos viviremos en paz.

El presidente del país cambia cada año (sí, *cada año*) y no es elegido por el pueblo, sino por el Consejo federal, entidad formada por siete ministros que ejercen la jefatura de Estado en Suiza. Por otro lado, cada vez que paso frente al Museo de Bellas Artes veo propagandas de nuevos plebiscitos.

La población adora decidir todo: el color de las bolsas de basura (ganó el negro), el permiso para portación de armas (la abrumadora mayoría la aprobó y Suiza es uno de los países con más armas per cápita del mundo), el número de minaretes que pueden ser construidos en todo el país (cuatro), el asilo a los expatriados (no seguí esto, pero imagino que la ley fue aprobada y ya está en vigor).

—Señor Jacob König.

Ya fuimos interrumpidos una vez. Con delicadeza, él le pide a su secretario que aplace la próxima cita. Mi periódico es el más importante de la Suiza francesa y la entrevista puede ser un parte aguas para las próximas elecciones.

Finge que me convence, y yo finjo que le creo.

Pero ya estoy satisfecha. Me levanto, le doy las gracias y le digo que ya tengo todo el material que necesito.

—¿No falta nada?

Claro que falta. Pero no me toca decir qué.

—¿Qué tal si nos encontramos después del trabajo?

Le explico que tengo que ir por mis hijos al colegio. Espero que él haya visto la enorme alianza de oro en mi dedo, que dice: Lo que pasó, pasó.

—Bien, entonces, ¿qué tal si almorzamos un día de estos?

Acepto. Me engaño con mucha facilidad y me digo a mí misma: ¿quién sabe si él no tiene algo realmente importante que decirme, un secreto de Estado, algo que cambiará la política del país y me hará ser vista con otros ojos por el redactor en jefe del periódico?

Él va a la puerta, la cierra, vuelve a mi lado y me besa. Le correspondo, porque ya pasó mucho tiempo desde que lo hicimos por última vez. Jacob, a quien tal vez yo podría haber amado un día, es ahora un hombre de familia, casado con una profesora. Y yo, una mujer de familia, casada con un rico heredero, aunque trabajador.

Pienso en empujarlo y decirle que ya no somos niños, pero me está gustando. No sólo descubrí un nuevo restaurante japonés, también estoy haciendo algo equivocado. ¡Logré transgredir las reglas y el mundo no se desmoronó sobre mi cabeza! Hace tiempo que no me siento tan feliz.

A cada instante me siento mejor, más valiente, más libre. Entonces hago algo que siempre soñé, desde los tiempos de escuela.

Me arrodillo en el suelo, bajo el cierre de su pantalón y comienzo a lamer su sexo. Él sujeta mis cabellos y controla el ritmo. Se viene en menos de un minuto.

—Qué maravilla.

No respondo. La verdad, sin embargo, es que fue mucho mejor para mí que para él, que tuvo una eyaculación precoz.

DESPUÉS del pecado, el miedo de ser atrapada por el crimen cometido.

En el camino de regreso al periódico compro un cepillo y pasta de dientes. Cada media hora voy al baño de la redacción para ver si no existe ninguna marca en mi cara o en la blusa Versace llena de intrincados bordados, perfectos para guardar vestigios. Observo a mis compañeros de trabajo por el rabillo del ojo, pero ninguno de ellos (o ninguna de ellas: las mujeres siempre tienen un tipo de radar especial para estas cosas) nota nada.

¿Por qué pasó? Parecía que otra persona me había dominado y empujado a esa situación mecánica, que nada tenía de erótica. ¿Quería probarle a Jacob que soy una mujer independiente, libre, dueña de mi propia nariz? ¿Lo hice para impresionarlo o para intentar huir de lo que mi amiga llama "infierno"?

Todo continuará como antes. No estoy en una encrucijada. Sé hacia dónde ir y espero que, con el paso de los años, logre hacer que mi familia cambie de rumbo para no acabar creyendo que lavar el auto es algo extraordinario. Los grandes cambios suceden con el tiempo, y de eso, tengo de sobra.

Por lo menos, eso espero.

Llego a casa tratando de no demostrar felicidad ni tristeza. Lo que inmediatamente llama la atención de los niños.

—Mamá, hoy estás un poco extraña.

Tengo ganas de decir: sí, porque hice algo que no debía y aun así no me siento ni un poco culpable, sólo tengo miedo de ser descubierta.

Llega mi marido y, como siempre, me da un beso, pregunta cómo estuvo mi día y qué hay para cenar. Le doy las respuestas a las que está acostumbrado. Si no nota algo diferente en la rutina, no sospechará que hoy en la tarde le hice sexo oral a un político.

Lo que, por cierto, no me dio el menor placer físico. Y ahora estoy loca de deseo, necesitando de un hombre, de muchos besos, de sentir el dolor y el placer de un cuerpo sobre el mío.

Cuando subimos a la recámara, percibo que estoy completamente excitada, loca por hacer el amor con mi marido. Pero debo ir con calma, nada de exageraciones, o él puede desconfiar.

Me doy un baño, me acuesto a su lado, le quito la tablet de la mano y la pongo en la mesita de noche. Comienzo a acariciar su pecho y él se excita de inmediato. Tenemos sexo como hacía mucho que no teníamos. Cuando gimo un poco más alto, él me pide que me controle para no despertar a los niños, pero le digo que estoy harta de ese comentario y quiero poder expresar lo que siento.

Tengo varios orgasmos. ¡Dios mío, cómo amo a este hombre que está a mi lado! Terminamos sudados y exhaustos, y por eso decido darme otro baño. Él me acompaña y juega poniendo la regadera en mi sexo. Yo le pido que pare, pues estoy cansada, necesitamos dormir y de esa manera va a acabar excitándome de nuevo.

Mientras nos secamos uno al otro, le pido que me lleve a un bar en un ímpetu por cambiar a toda costa mi forma de encarar los días. Creo que en este momento él sospecha que algo ha cambiado.

—¿Mañana?

Mañana no puedo, tengo clase de yoga.

—Ya que tocaste el tema, ¿puedo hacerte una pregunta bastante directa?

Mi corazón se detiene. Él continúa:

—¿Por qué exactamente estás tomando clases de yoga?

Eres una mujer tan tranquila, en armonía consigo misma y que sabe muy bien lo que quiere. ¿No crees que estás perdiendo el tiempo?

Mi corazón vuelve a latir. No respondo. Me limito a sonreír y a acariciar su rostro.

Caigo en la cama, cierro los ojos y antes de dormir pienso: debo estar atravesando alguna crisis típica de quien ha estado casada mucho tiempo. Ya pasará.

No todo el mundo necesita ser feliz todo el tiempo. De hecho, nadie en el mundo lo consigue. Es preciso aprender a lidiar con la realidad de la vida.

Querida depresión, no te me acerques. No seas desagradable. Ve detrás de otros que tienen más motivos que yo para mirarse en el espejo y decir: qué vida inútil. Quieras o no, sé cómo derrotarte.

Depresión, estás perdiendo el tiempo conmigo.

EL ENCUENTRO con Jakob König transcurre exactamente como lo imaginaba. Vamos a La Perle du Lac, un caro restaurante a la orilla del lago, que solía ser excelente, pero que hoy está subsidiado por la ciudad. Sigue siendo caro, a pesar de que la comida es pésima. Yo podría haberlo sorprendido con el restaurante japonés que acababa de conocer, pero sé que lo juzgaría de mal gusto. Para ciertas personas, la decoración importa más que la comida.

Y ahora veo que tomé la decisión correcta. Él intenta demostrarme que es un profundo conocedor de vinos, evaluando el buqué, la textura, la lágrima, esa marca oleosa que escurre por la pared de la copa. O sea, me está diciendo que creció, que ya no es más el muchacho de los tiempos de escuela, que aprendió, que subió en la vida y ahora conoce el mundo, los vinos, la política, las mujeres y las ex novias.

¡Cuánta tontería! Nacemos y morimos tomando vino. Sabemos distinguir uno bueno de uno malo, y punto final.

Pero hasta conocer a mi marido, todos los hombres que encontré, y que se juzgaban bien educados, consideraban la elección de vino su momento de gloria solitaria. Todos hacen lo mismo: con una expresión muy concentrada, huelen el corcho, leen la etiqueta, dejan que el mesero sirva una prueba, giran la copa, la observan a contra la luz, huelen, degustan lentamente, tragan y, por fin, hacen una señal de aprobación con la cabeza.

Después de presenciar esa escena un sinnúmero de veces, decidí que cambiaría de grupo y comencé a andar con los nerds, los socialmente excluidos de la facultad. Al contrario de los catadores de vino, previsibles y artificiales, los nerds eran auténticos y no hacían el menor esfuerzo para impresionarme. Hablaban de cosas que yo no entendía. Creían, por ejemplo, que yo tenía la obligación, al menos de conocer el nombre *Intel*, "ya que está escrito en todas las computadoras". Yo nunca había prestado atención.

Los nerds me hacían sentir una completa ignorante, una mujer sin ningún atractivo, y se interesaban más por la piratería en internet que por mis senos o por mis piernas. A medida que pasó el tiempo, volví a la seguridad de los catadores de vino. Hasta que encontré a un hombre que no trataba de impresionarme con su gusto sofisticado, ni hacía que me sintiera como una burra con conversaciones sobre planetas misteriosos, *hobbits* y programas de computadora que borran los rastros de las páginas visitadas. Después de algunos meses de noviazgo, durante los cuales conocimos por lo menos 120 nuevas aldeas en torno al lago que baña Ginebra, me pidió que nos casáramos.

Acepté inmediatamente.

Pregunto a Jacob si conoce algún bar, porque hace años que no sigo la vida nocturna de Ginebra ("vida nocturna" es sólo una forma de hablar) y decidí salir a bailar y a beber. Sus ojos brillan.

—No tengo tiempo para eso. Me siento honrado por la invitación, pero, como sabes, además de ser casado, no puedo ser visto por ahí con una periodista. Van a decir que tus noticias son…

Tendenciosas.

—…Sí, tendenciosas.

Decido seguir con ese jueguito de seducción, que siempre me divirtió. ¿Qué tengo que perder? Al final, ya conozco todos los caminos, las desviaciones, las trampas y los objetivos.

Sugiero que me hable más de él. De su vida personal. A final de cuentas, no estoy aquí como periodista, sino como mujer y ex novia de la adolescencia.

Enfatizo bien la palabra "mujer".

—No tengo vida personal —responde—. Desgraciadamente no puedo tenerla. Escogí una carrera que me convirtió en un autómata. Todo lo que digo es vigilado, cuestionado, publicado.

No es así, pero su sinceridad me desarma. Sé que está conociendo el terreno; quiere saber dónde está pisando y hasta dónde puede llegar conmigo. Insinúa que es "infeliz en su matrimonio", como hacen todos los hombres maduros, después de probar el vino y explicar exhaustivamente que son poderosos.

—Los dos últimos años estuvieron marcados por algunos meses de alegría, otros de desafíos, pero el resto es sólo aferrarse al cargo e intentar agradar a todos para ser reelegido. Me vi obligado a soltar todo lo que me daba placer, como bailar contigo esta semana, por ejemplo. O quedarme horas escuchando música, fumar o hacer cualquier cosa que los demás juzguen inadecuada.

¡Pero qué exageración! Nadie se preocupa por su vida personal.

—Tal vez sea el retorno de Saturno. Cada 29 años, ese planeta vuelve al mismo lugar donde estaba en la fecha de nuestro nacimiento.

¿El retorno de Saturno?

Él se da cuenta de que habló más de lo que debía, y sugiere que tal vez sea mejor volver al trabajo.

No. Mi retorno de Saturno ya ocurrió, necesito saber exactamente lo que eso significa. Él me da una clase de astrología: le toma a Saturno 29 años volver al punto en el que estaba en el momento en que nacimos. Hasta que eso pasa, creemos que todo es posible, que los sueños se realizarán y que las murallas que nos rodean todavía pueden ser derribadas. Cuando Saturno completa el ciclo, el romanticismo desaparece. Las decisiones son definitivas y los cambios de curso pasan a ser prácticamente imposibles.

—No soy especialista, claro. Pero mi próxima oportunidad se dará sólo cuando llegue a los 58 años, en el segundo retorno de Saturno.

¿Y por qué me invitó a comer, si Saturno dice que ya no es posible escoger otro camino? Ya llevamos casi una hora conversando.

—¿Eres feliz?

¿Qué?

—Noté algo en tus ojos… una tristeza inexplicable en una mujer tan bonita, tan bien casada y con un buen empleo. Fue como si viera un reflejo de mis propios ojos. Voy a repetir la pregunta: ¿eres feliz?

En el país donde nací, fui criada y ahora estoy criando a mis hijos, *nadie* hace ese tipo de preguntas. La felicidad no es un valor que pueda ser medido con precisión, discutido en plebiscitos ni analizado por especialistas. Ni siquiera preguntamos la marca del auto del otro, mucho menos algo tan íntimo e imposible de definir.

—No necesitas responder. Basta con el silencio.

No, el silencio no basta. No es ninguna respuesta. Sólo refleja sorpresa, perplejidad.

—No soy feliz —dice él—.Tengo todo lo que un hombre sueña, pero no soy feliz.

¿Habrán puesto algo en el agua de la ciudad? ¿Estarán queriendo destruir a mi país con algún arma química que provoca una profunda frustración en todo el mundo? No es posible que todos aquellos con quienes converso sientan lo mismo.

Hasta aquí no dije nada. Pero las almas en pena tienen esa increíble habilidad de reconocerse y aproximarse, multiplicando sus dolores.

¿Por qué no me había dado cuenta? ¿Por qué me fijé en la superficialidad con la que él hablaba de temas políticos, o en la pedantería con la que cataba el vino?

Retorno de Saturno. Infelicidad. Cosas que yo jamás esperaba oír de Jacob König.

Entonces, en ese momento exacto —miro el reloj, son las
13:55—, me enamoro de nuevo de él. Nadie, ni siquiera mi
maravilloso marido, me preguntó jamás si soy feliz. Tal vez en
la niñez mis padres o mis abuelos hayan intentado eventual-
mente saber si yo estaba alegre, pero sólo eso.

—¿Nos volveremos a encontrar?

Miro al frente y ya no veo más a mi ex novio de la adolescencia, sino un abismo al cual me aproximo voluntariamente,
un abismo del cual no quiero escapar de ninguna manera.
En una fracción de segundo imagino que las noches insomnes
se volverán más insoportables que nunca, ya que ahora realmente tengo un problema concreto: un corazón enamorado.

Todas las luces rojas de alerta que existen en mi consciente
y en mi inconsciente comienzan a parpadear.

Pero me digo a mí misma: no eres más que una tonta, lo
que él quiere en verdad es llevarte a la cama. Tu felicidad le
importa poco.

Entonces, en un gesto casi suicida, acepto. ¿Quién sabe si
irme a la cama con alguien que apenas tocó mis senos cuando
todavía éramos adolescentes no le hará bien a mi matrimonio,
como ocurrió ayer, cuando le hice sexo oral por la mañana y
tuve varios orgasmos por la noche?

Intento volver al tema de Saturno, pero él ya pidió la cuenta
y está hablando por el celular, avisando que llegará cinco minutos retrasado.

—Por favor, ofrécele agua y café.

Le pregunto con quién estaba hablando y él dice que con
su esposa. El director de una gran empresa farmacéutica quiere
verlo y, posiblemente, invertir algún dinero en esta fase final
de su campaña para el Consejo de Estado. Las elecciones se
aproximan muy rápido.

Otra vez recuerdo que es casado. Que es infeliz. Que no puede hacer nada de lo que le gusta. Que corren rumores con respecto a él y su esposa; al parecer tienen un matrimonio abierto. Necesito olvidar ese rayo que me fulminó a las 13:55 y entender que él sólo quiere usarme.

Eso no me molesta, siempre que las cosas queden claras. También necesito llevarme a alguien a la cama.

Nos detenemos en la acera frente al restaurante. Él mira a su alrededor, como si fuéramos una pareja absolutamente sospechosa. Después de comprobar que nadie está mirando, enciende un cigarrillo.

Así que era eso lo que temía que vieran: el cigarro.

—Como debes recordar, yo estaba considerado el estudiante más promisorio del grupo. Tenía que demostrar que estaban en lo cierto, porque tenemos una inmensa necesidad de amor y aprobación. Yo sacrificaba las salidas con mis amigos para estudiar y responder a las expectativas de los demás. Terminé la enseñanza media con excelentes notas. Por cierto, ¿por qué terminamos el noviazgo?

Si él no se acuerda, yo todavía menos. Creo que en aquella época todo el mundo seducía a todo el mundo y nadie andaba con nadie.

—Terminé la facultad, fui nombrado defensor público, conviví con bandidos e inocentes, canallas y personas honestas. Lo que iba a ser un empleo temporal se convirtió en una decisión de vida: puedo ayudar. Mi cartera de clientes fue creciendo. Mi fama se extendió por la ciudad. Mi padre insistía en que ya era hora de soltar todo eso y trabajar en el bufete de abogados de un amigo suyo. Pero yo me entusiasmaba con cada caso que ganaba. De vez en cuando tropezaba con una ley completamente arcaica, que ya no se aplicaba en la actualidad.

Era necesario cambiar muchas cosas en la administración de la ciudad.

Todo eso está en su biografía oficial, pero escucharlo de su boca es distinto.

—En determinado momento, pensé que podía postularme para diputado. Hicimos una campaña casi sin dinero, porque mi padre estaba en contra. Sólo que los clientes estaban a favor. Salí electo por un margen ínfimo de votos, pero salí electo.

Mira a su alrededor otra vez. Había escondido el cigarro a sus espaldas. Pero como nadie está mirando, da otra larga fumada. Sus ojos están vacíos, enfocados en el pasado.

—Cuando comencé en la política, dormía sólo cinco horas al día y siempre estaba lleno de energía. Ahora tengo ganas de dormir dieciocho horas. La luna de miel con mi lugar en el mundo ya terminó. Quedó sólo la necesidad de agradar a todos, sobre todo a mi mujer, que lucha como una loca para que yo tenga un gran futuro. Marianne sacrificó muchas cosas por eso y no puedo decepcionarla.

¿Fue éste el mismo hombre que hace apenas algunos minutos me invitó a salir de nuevo? ¿Será que es eso lo que quiere, salir a conversar con alguien que pueda entenderlo, porque siente las mismas cosas?

Tengo el don de crear fantasías con una rapidez impresionante. Ya me estaba imaginando entre sábanas de seda en un chalet en los Alpes.

—Entonces, ¿cuándo podemos vernos otra vez?

Tú dime.

Él marca un encuentro para dentro de dos días. Le digo que tengo clase de yoga. Él me pide que falte. Le explico que vivo faltando y que me había prometido a mí misma ser más disciplinada.

Jacob parece resignado. Me siento tentada a aceptar, pero no puedo parecer muy ansiosa o disponible.

La vida está volviendo a tener gracia, porque la apatía de antes ha sido sustituida por el miedo. ¡Qué alegría tener miedo de perder una oportunidad!

Le digo que es imposible; mejor nos vemos el viernes. Él acepta, llama a su secretario y le pide que lo ponga en la agenda. Termina su cigarrillo y nos despedimos. No le pregunto por qué me contó tanto de su vida íntima, y él tampoco agrega nada importante a lo que me dijo cuando estábamos en el restaurante.

Me gustaría creer que algo cambió en ese almuerzo. Uno más entre los centenares de almuerzos de negocios que he tenido, con una comida que no podría haber sido menos saludable y las bebidas que ambos fingimos tomar, pero que seguían prácticamente intactas cuando pedimos el café. Nunca se puede bajar la guardia, a pesar de toda esa escenificación.

La necesidad de agradar a todos. El retorno de Saturno.

EL PERIODISMO no tiene nada del glamour que las personas imaginan: entrevistar a personas famosas, recibir invitaciones para viajes fantásticos, tener contacto con el poder, el dinero y el mundo fascinante de la marginalidad.

En realidad, pasamos la mayor parte del tiempo en estaciones de trabajo con divisiones bajas para compensar, pegados al teléfono. La privacidad es sólo para los jefes, con sus peceras de vidrio transparente, cuyas cortinas pueden ser cerradas a veces. Cuando hacen eso, ellos siguen sabiendo lo que ocurre afuera, mientras nosotros ya no podemos ver moverse sus labios de pescado.

El periodismo en Ginebra, con sus ciento noventa y cinco mil habitantes, es lo más aburrido del mundo. Le doy una ojeada a la edición de hoy, aunque ya sepa lo que contiene: los constantes encuentros de dignatarios extranjeros en la sede de las Naciones Unidas, las usuales reclamaciones contra el fin del secreto bancario y otras cosas que merecen estar en primera página, como: "La obesidad mórbida impide a hombre entrar en un avión", "Lobo diezma ovejas en los alrededores de la ciudad", "Fósiles precolombinos encontrados en Saint-Georges" y, finalmente, con gran relieve: "Después de la restauración, el barco *Genève* vuelve al lago, más bello que nunca".

Me llaman a una de las estaciones de trabajo. Quieren saber si conseguí algo exclusivo en el almuerzo con el político. Como era de esperarse, fuimos vistos juntos.

No, respondo. Nada más allá de lo que está en la biografía oficial. El almuerzo fue más bien para aproximarme a una "fuente", como llamamos a las personas que nos dan informaciones importantes. (Cuanto mayor sea su red de fuentes, mejor y más respetado es el periodista.)

Mi jefe dice que otra fuente asegura que, aun siendo casado, Jacob König tiene un asunto con la mujer de otro político. Siento una punzada en ese rincón oscuro del alma donde la depresión me ha pegado y al que yo me he rehusado a atender.

Me preguntan si me puedo acercar más a él. No están muy interesados en su vida sexual, pero la dicha fuente sugirió que tal vez esté siendo chantajeado. Un grupo metalúrgico extranjero quiere borrar las huellas de problemas fiscales en su país, pero no tiene cómo llegar al ministro de Finanzas. Está necesitando un "empujoncito".

El director explica: El diputado Jacob König no es nuestro objetivo; necesitamos denunciar a quienes están intentando corromper nuestro sistema político.

—No será difícil. Basta con decir que estamos de su lado.

Suiza es uno de los pocos países del mundo donde la palabra basta. En la mayoría de los otros lugares se necesitarían abogados, testigos, documentos firmados y la amenaza de un proceso si el secreto fuera violado.

—Sólo necesitamos confirmación y fotos.

Entonces tengo que acercarme a él.

—Tampoco será difícil. Nuestras fuentes dicen que ya hasta marcaron un encuentro. Está en su agenda oficial.

¡Y éste es el país de los secretos bancarios! Todo el mundo sabe todo.

—Sigue la táctica de siempre.

La "táctica de siempre" está integrada por cuatro puntos: 1. Comience preguntando sobre cualquier asunto que sea interesante para que el entrevistado haga una declaración pública. 2. Deje que hable el máximo tiempo posible, así él creerá que el periódico le dedicará un gran espacio. 3. Al final de la entrevista, cuando él ya esté convencido de que nos tiene bajo control, haga la pregunta, la *única* que nos interesa, para que él sienta que, si no responde, no le daremos el espacio que espera y habrá perdido su tiempo. *4.* Si responde de manera evasiva, usted reformula la pregunta, pero la mantiene. Él dirá que eso no le interesa a nadie. Pero es preciso conseguir una, por lo menos *una* declaración. En un 99 por ciento de los casos, el entrevistado cae en la trampa.

Con eso basta. Usted omite el resto de la entrevista y usa la declaración en el artículo, que no será sobre el entrevistado, sino sobre algún tema importante que contenga cálculos periodísticos, informaciones oficiales, extraoficiales, fuentes anónimas, etcétera.

—Si él se rehúsa a responder, insiste en que estamos de su lado. Tú sabes cómo funciona el periodismo. Y eso será tomado en cuenta…

Sé cómo funciona. La carrera de periodista es tan corta como la del atleta. Alcanzamos pronto la gloria y el poder, y luego cedemos el lugar a la siguiente generación. Son pocos los que continúan y progresan. Los otros ven caer su patrón de vida, se vuelven críticos de la prensa, crean *blogs*, dan conferencias y pasan más tiempo del necesario intentando impresionar a los amigos. No existe un estado intermedio.

Yo todavía estoy en la fase de profesional promisoria. Si consigo esas declaraciones, es probable que el próximo año ya no tenga que escuchar: "debemos recortar los costos y tú, con tu talento y tu nombre, seguramente encontrarás otro empleo".

¿Seré ascendida? Podría decidir qué publicar en la primera página: el problema del lobo que devora ovejas, el éxodo de banqueros extranjeros a Dubai y Singapur, o la absurda falta de inmuebles para rentar. Qué manera cautivante de pasar los próximos cinco años…

Vuelvo a mi estación de trabajo, hago algunas llamadas telefónicas sin importancia y leo todo lo que hay de interesante en los sitios de internet. A mi lado, los compañeros hacen lo mismo, desesperados por encontrar alguna noticia que haga que nuestra circulación deje de caer. Alguien dice que fueron encontrados jabalíes en medio de la línea ferroviaria que une a Ginebra con Zurich. ¿Eso da para una nota?

Claro que da. Así como el telefonema que acabo de recibir de una mujer de ochenta años, protestando por la ley que prohíbe que se fume en los bares. Dice que en verano no habrá problema, pero que en invierno tendremos mucha más gente muriendo de neumonía que de cáncer de pulmón, ya que todos se verán obligados a fumar a la intemperie.

¿Y qué estamos haciendo realmente aquí en la redacción de un diario impreso?

Ya sé: adoramos nuestro trabajo y tenemos la intención de salvar al mundo.

SENTADA en postura de loto, con incienso quemándose y escuchando una música insoportablemente parecida a la que acostumbrábamos oír en los elevadores, comienzo la meditación. Hace ya un tiempo que me aconsejaron que la probara. Fue cuando creían que yo estaba "estresada". (De hecho lo estaba, pero era mejor que ese desinterés total por la vida que siento ahora.)

—Las impurezas de la razón los perturbarán. No se preocupen. Acepten los pensamientos que aparezcan. No luchen contra ellos.

Perfecto, eso estoy haciendo. Aparto las emociones tóxicas como el orgullo, la desilusión, los celos, la ingratitud, la inutilidad. Lleno ese espacio con humildad, gratitud, comprensión, conciencia y alegría.

Pienso que estoy comiendo más azúcar de lo que debería, y eso le hace mal a la salud y al cuerpo espiritual.

Hago a un lado la oscuridad y la desesperación, e invoco a las fuerzas del bien y de la luz.

Recuerdo cada detalle del almuerzo con Jacob.

Canto un mantra con los otros alumnos.

Me pregunto si el editor en jefe dijo la verdad. ¿Realmente Jacob le fue infiel a su esposa? ¿Aceptó el chantaje?

La profesora pide que imaginemos una armadura de luz a nuestro alrededor.

—Debemos vivir todos y cada día con la certeza de que esa armadura nos protegerá de los peligros, y ya no estaremos ligados a la dualidad de la existencia. Tenemos que buscar el camino del medio, donde no hay alegría ni sufrimiento, sólo una profunda paz.

Comienzo a entender por qué falto a las clases de yoga.

¿Dualidad de la existencia? ¿Camino del medio? Eso me suena tan antinatural como mantener los niveles de colesterol en setenta, como mi médico está exigiendo que haga.

La imagen de la armadura resiste sólo algunos segundos; después estalla en mil pedazos y es sustituida por la certeza absoluta de que a Jacob le gusta cualquier mujer bonita que se le pone enfrente. ¿Y yo qué tengo que ver con eso?

Los ejercicios continúan. Cambiamos de postura y la profesora insiste, como en todas las clases, que intentemos, por lo menos durante algunos segundos, "vaciar la mente".

El vacío es justamente la cosa que más temo y que más me ha acompañado. Si ella supiera lo que me está pidiendo… En fin, no me toca juzgar una técnica que existe hace siglos.

¿Qué estoy haciendo aquí?

Ya sé: "desestresándome".

DESPIERTO de nuevo a mitad de la noche. Voy al cuarto de los niños para ver si todo está bien; algo obsesivo, pero que todos los padres hacen de vez en cuando.

Vuelvo a la cama y me quedo mirando fijamente el techo.

No tengo fuerzas para decir lo que quiero o no quiero hacer. ¿Por qué no me salgo del yoga de una vez por todas? ¿Por qué no decido ir ya a un psiquiatra y comenzar a tomar las píldoras mágicas? ¿Por qué no consigo controlarme y dejar de pensar en Jacob? Al final, en ningún momento él me insinuó nada más allá de tener a alguien con quién conversar sobre Saturno y las frustraciones que, tarde o temprano, los adultos acaban enfrentando.

Ya no aguanto más. Mi vida parece una película que repite infinitamente la misma escena.

Tuve algunas clases de psicología cuando estaba en la facultad de periodismo. En una de ellas, el profesor (un hombre bastante interesante, tanto en clase como en la cama) dijo que existen cinco estados por los que el entrevistado pasará: defensa, exaltación de sí mismo, autoconfianza, confesión y tentativa de arreglar las cosas.

En mi vida, pasé directo del estado de autoconfianza al de la confesión. Comienzo a decirme cosas que sería mejor que permanecieran ocultas.

Por ejemplo: el mundo se detuvo.

No sólo el mío, sino el de todos los que me rodean. Cuando nos reunimos con amigos, hablamos siempre sobre las mismas cosas y las mismas personas. Las conversaciones parecen nuevas, pero todo no pasa de ser un desperdicio de tiempo y energía. Intentamos demostrar que la vida sigue siendo interesante.

Todos están intentando controlar su propia infelicidad. No

sólo Jacob y yo, sino probablemente mi marido también. Sólo que él no demuestra nada.

En el peligroso estado de confesión en el que me encuentro, esas cosas comienzan a quedar claras. No me siento sola. Estoy rodeada de gente con los mismos problemas y todos fingen que la vida continúa como antes. Como yo. Como mi vecino. Posiblemente, como mi jefe y como el hombre que duerme a mi lado.

Después de cierta edad, comenzamos a usar una máscara de seguridad y certezas. Con el tiempo, esa máscara se pega al rostro y ya no vuelve a salir.

Cuando somos niños, aprendemos que si lloramos, recibimos cariño; si mostramos que estamos tristes, recibimos consuelo. Si no logramos convencer con nuestra sonrisa, seguramente convenceremos con nuestras lágrimas.

Pero ya no lloramos, excepto en el baño, cuando nadie nos oye; ni sonreímos, sólo a nuestros hijos. No demostramos nuestros sentimientos porque las personas pueden pensar que somos vulnerables y aprovecharse de eso.

Dormir es la mejor medicina.

ME REÚNO con Jacob el día señalado. Esta vez soy yo la que elige el lugar, y terminamos en el lindísimo y mal cuidado Parc des Eaux-Vives, donde hay otro pésimo restaurante subsidiado por la ciudad.

Una vez fui a comer ahí con un corresponsal del *Financial Times*. Pedimos martinis y el mesero nos sirvió un *vermuth* Cinzano.

Esta vez, nada de almuerzo, sólo sándwiches en el pasto. Él puede fumar a gusto, porque tenemos una visión privilegiada de todo a nuestro alrededor. Podemos observar quién viene y quién va. Llego decidida a ser honesta: después de las formalidades de costumbre (clima, trabajo, "¿cómo te fue en el bar?", "hoy voy en la noche"), lo primero que le pregunto es si lo están chantajeando, digamos, por una relación extraconyugal.

No se sorprende. Sólo me pregunta si está hablando con una periodista o con una amiga.

Por el momento, con una periodista. Si lo confirma, puedo darle mi palabra de que el periódico lo apoyará. No publicaremos nada de su vida personal, pero nos iremos contra los chantajistas.

—Sí, tuve un asunto con la mujer de un amigo, que imagino debes conocer por tu trabajo. Él fue el que lo alentó, pues ambos estaban aburridos del matrimonio. ¿Entiendes lo que estoy diciendo?

¿El marido lo alentó? No, no entiendo, pero hago una señal afirmativa con la cabeza y me acuerdo de lo que ocurrió hace tres noches, cuando tuve una serie de orgasmos.

¿Y el asunto continúa?

—Se perdió el interés. Mi mujer ya lo sabe. Hay cosas que no se pueden esconder. El personal de Nigeria nos fotografió juntos y está amenazando con divulgar las imágenes, pero eso no es una novedad para nadie.

Nigeria es el lugar donde se encuentra la empresa metalúrgica. ¿Tu mujer no amenazó con pedir el divorcio?

—Anduvo enojada durante dos o tres días, pero no más. Ella tiene grandes planes para nuestro matrimonio e imagino que la fidelidad no necesariamente es parte de ellos. Demostró un poco de celos, apenas para fingir que era importante, pero es una pésima actriz. Pocas horas después de habérselo confesado, ella ya había volcado su atención a otra cosa.

Por lo visto Jacob vive en un mundo completamente diferente al mío. Las mujeres no sienten celos, los maridos alientan a que las esposas tengan *affairs*. ¿Estaré perdiéndome de mucho?

—No hay nada que el tiempo no resuelva. ¿No crees?

Depende. En muchos casos el tiempo puede agravar el problema. Es lo que está pasando conmigo. Sin embargo, vine aquí a entrevistar, no a ser entrevistada, por eso no digo nada. Él prosigue:

—Los nigerianos no lo saben. Acordé con el Ministerio de Finanzas tenderles una trampa. Con todo grabado, exactamente como hicieron conmigo.

En ese instante veo mi artículo volar por los aires; ése que sería mi gran oportunidad de subir en una industria cada vez más decadente. No hay nada nuevo que contar, ni adulterio, ni chantaje, ni corrupción. Todo está siguiendo los patrones suizos de calidad y excelencia.

—¿Ya preguntaste todo lo que querías? ¿Podemos pasar a otro asunto?

Sí, ya pregunté todo. Y en realidad no tengo otro asunto.

—Creo que te faltó preguntar por qué quise verte otra vez. Por qué quise saber si eres feliz. ¿Piensas que estoy interesado en ti como mujer? Ya no somos adolescentes. Confieso que me sorprendió tu actitud en mi gabinete y adoré venirme en tu boca, pero ése no es motivo suficiente para que estemos aquí, más tomando en cuenta que eso no puede ocurrir en un lugar público. Entonces, ¿no quieres saber por qué quise encontrarme de nuevo contigo?

La cajita de sorpresas que me tomó desprevenida con esa pregunta sobre mi felicidad sigue lanzando su luz a otros rincones oscuros. ¿No entiende él que esas cosas no se preguntan?

Sólo si quieres decírmelo, respondo para provocarlo e intentar destruir de una vez por todas su aire prepotente que me deja tan insegura.

Y agrego: claro que quieres llevarme a la cama. No serías el primero en escuchar un "no".

Él mueve la cabeza. Finjo que estoy completamente a mis anchas y comento sobre las pequeñas olas que se forman en el normalmente pacífico lago que tenemos enfrente. Nos quedamos mirándolas como si fueran la cosa más interesante del mundo.

Hasta que él logra encontrar las palabras correctas:

—Como debes haber notado, te pregunté si eras feliz porque me reconocí en ti. Los semejantes se atraen. Tal vez no hayas visto lo mismo en mí, pero no importa. Tal vez estés mentalmente exhausta, convencida de que tus problemas inexistentes, y sabes que son inexistentes, están absorbiendo tu energía.

Yo había pensado lo mismo en nuestro almuerzo: las almas en pena se identifican y se atraen para asustar a los vivos.

—Siento lo mismo —continúa—. Con la diferencia de que mis problemas tal vez sean más concretos. De todos modos, me odio a mí mismo por no haber logrado resolver esto o aquello, ya que dependo de la aprobación de tantas otras personas. Y eso me hace sentir inútil. Pensé buscar ayuda médica, pero mi mujer se opuso. Dijo que si lo descubren, eso podría arruinar mi carrera. Coincidí con ella.

Entonces él conversa de esas cosas con su esposa. Tal vez hoy en la noche yo haga lo mismo con mi marido. En vez de ir a un bar, puedo sentarme frente a él y contarle todo. ¿Cómo reaccionaría?

—Claro que ya he hecho muchas cosas equivocadas. En este momento me estoy esforzando por mirar el mundo de otra manera, pero no está funcionando. Cuando veo a alguien como tú, y mira que he encontrado a muchas personas en esa misma situación, procuro acercarme y entender cómo están lidiando con el problema. Entiende, necesito ayuda y esa es la única manera de conseguirla.

Entonces es eso. Nada de sexo, nada de una gran aventura romántica que vuelva soleada esta tarde grisácea de Ginebra. Es sólo una terapia de apoyo, como los alcohólicos y los adictos a los químicos hacen entre ellos.

Me levanto.

Mirándolo a los ojos, le digo que en verdad soy muy feliz y que él debería buscar un psiquiatra. Su mujer no puede controlarlo todo en su vida. Además, nadie lo sabría, por causa del secreto médico. Tengo una amiga que se curó después de que comenzó a tomar medicamentos. ¿Quiere él pasar el resto de su vida enfrentando el fantasma de la depresión sólo para ser reelegido? ¿Es eso lo que desea para su futuro?

Él mira a su alrededor para ver si alguien me está escuchando. Yo ya lo había hecho y sé que estamos solos, excepto por un grupo de traficantes en la parte superior del parque, atrás del restaurante. Pero ellos no tienen el menor interés en acercarse a nosotros.

No logro parar. A medida que voy hablando, me doy cuenta de que estoy escuchándome y ayudándome a mí misma. Digo que la negatividad se autoalimenta. Que él debe buscar algo que le dé al menos un poco de alegría, como velear, ir al cine, leer.

—No es eso. No estás entendiendo —parece desconcertado con mi reacción.

Sí estoy entendiendo. Todos los días recibimos miles de informaciones, carteles en los cuales adolescentes maquilladas se fingen mujeres y ofrecen milagrosos productos de belleza eterna; la noticia de que una pareja de ancianos escaló el monte Everest para celebrar su aniversario de bodas; anuncios de nuevas máquinas de masaje; vitrinas de farmacias abarrotadas de productos para adelgazar; películas que transmiten una idea falsa de la vida; libros que prometen resultados fantásticos; especialistas en dar consejos sobre cómo ascender en la carrera o encontrar la paz interior. Y todo eso hace que nos sintamos viejos, llevando una vida sin aventura, mientras la piel se vuelve flácida, los kilos se acumulan descontroladamente y nos vemos obligados a reprimir las emociones y los deseos, porque ya no encajan en lo que llamamos "madurez".

Selecciona las informaciones que te llegan. Ponte un filtro en los ojos y en los oídos y sólo permite que entre aquello que no va a hacerte sentir abajo, porque para eso basta con nuestro día a día. ¿Piensas que yo no soy juzgada y criticada en el trabajo? ¡Pues lo soy, y mucho! Sólo que opté por dar oídos únicamente a lo que me incentiva a mejorar, a lo que me ayuda a corregir mis errores. El resto, simplemente finjo que no lo escucho o lo descarto.

Vine aquí en busca de una historia complicada que involucraba adulterio, chantaje y corrupción. Pero tú lidiaste con todo eso de la mejor manera posible. ¿No puedes verlo?

Sin pensarlo mucho, me siento de nuevo a su lado, tomo su cabeza para que no pueda escapar, y le doy un largo beso. Él titubea una fracción de segundo, pero luego retribuye. Inmediatamente todos mis sentimientos de impotencia, fragilidad, fracaso e inseguridad son sustituidos por una inmensa euforia. De una hora para otra me volví sabia, recuperé el control de la situación y me atrevo a hacer algo que antes sólo imaginaba. Me aventuro por tierras desconocidas y por mares peligrosos, destruyendo pirámides y construyendo santuarios.

Volví a ser dueña de mis pensamientos y de mis acciones. Lo que parecía imposible de mañana es real por la tarde. Volví a sentir, puedo amar algo que no poseo, el viento dejó de molestarme y se convirtió en una bendición, el aliento de un dios en mi cara. Mi espíritu está de vuelta.

Cientos de años parecen haber pasado en aquel corto tiempo en que lo besé. Nuestros rostros se apartan lentamente, él acaricia mi cabeza con dulzura y miramos bien al fondo uno de los ojos del otro.

Y reencontramos lo que estaba ahí hacía menos de un minuto.

Tristeza.

Ahora sumada a la estupidez y a la irresponsabilidad de un gesto que, por lo menos en mi caso, agravará todo.

Todavía permanecemos media hora juntos, hablando sobre la ciudad y sus habitantes, como si nada hubiera pasado. Parecíamos muy cercanos cuando llegamos al Parc des Eaux-Vives, nos volvimos uno solo en el momento del beso, y ahora somos como dos completos extraños, intentando mantener una conversación apenas el tiempo necesario para que cada uno siga su camino sin mucho descontento.

Nadie nos vio; no estamos en un restaurante. Nuestros matrimonios están a salvo.

Pienso pedirle disculpas, pero sé que no es necesario. Al final, un beso no es nada.

NO PUEDO decir que me siento victoriosa, pero al menos recuperé algún control sobre mí misma. En casa, todo sigue igual: antes yo estaba pésima, ahora estoy mejor y nadie me pregunta nada.

Voy a hacer como Jacob König: conversar con mi marido sobre mi extraño estado de espíritu. Confiaré en él; tengo la seguridad de que me podrá ayudar.

Mientras tanto, ¡todo está tan bien hoy! ¿Por qué arruinarlo con confesiones de algo que ni siquiera sé bien de qué se trata? Sigo luchando. No creo que lo que estoy pasando tenga ninguna relación con la falta de determinados elementos químicos en mi cuerpo, como dicen las páginas de internet que hablan de tristeza compulsiva.

Hoy no estoy triste. Son etapas normales de la vida. Recuerdo cuando mi grupo de enseñanza media organizó su fiesta de despedida: reímos durante dos horas y lloramos compulsivamente al final, porque eso significaba que nos estábamos separando para siempre. La tristeza duró algunos días o semanas, no recuerdo bien. Pero el simple hecho de no recordarlo ya dice algo muy importante: pasó por completo. Cruzar la barrera de los treinta años fue difícil y tal vez yo no estaba lista para eso.

Mi marido sube a acostar a los niños. Me sirvo una copa de vino y salgo al jardín.

Sigue haciendo viento. Todos aquí conocemos ese viento, que sopla durante tres, seis o nueve días. En Francia, más romántica que Suiza, lo llaman *mistral* y siempre trae tiempo despejado y temperatura fría. Ya era hora de ver que se apartaran esas nubes: mañana tendremos un día de sol.

Pienso en la conversación en el parque, en el beso. Ninguna señal de arrepentimiento. Hice algo que nunca había hecho antes, y con eso comencé a derrumbar los muros que me aprisionaban.

Poco importa lo que piense Jacob König. No puedo pasarme la vida intentando agradar a las personas.

Termino de beber la copa de vino, vuelvo a llenarla y saboreo las primeras horas, en muchos meses, en que experimento algo distinto a la apatía y a la sensación de inutilidad.

Mi marido baja vestido como para una fiesta y pregunta en cuánto tiempo estaré lista. Yo ya había olvidado que saldríamos a bailar esta noche.

Subo a arreglarme, corriendo.

Cuando vuelvo a bajar, veo que nuestra nana filipina ya llegó y esparció sus libros sobre la mesa de la sala. Los niños ya se fueron a dormir y no le darán lata, por lo tanto ella aprovechará su tiempo para estudiar; al parecer le tiene horror a la televisión.

Estamos listos para salir. Me puse mi mejor vestido, aun corriendo el riesgo de parecer una fulana desubicada en un ambiente desinhibido. ¿Pero qué importa? Necesito celebrar.

DESPIERTO con el ruido del viento que sacude la ventana. Pienso que mi marido debería haberla cerrado mejor. Debo levantarme y cumplir mi ritual nocturno: iré al cuarto de los niños para ver si todo está bien.

Sin embargo, algo me lo impide. ¿Será el efecto de la bebida? Comienzo a pensar en las olas que vi más temprano en el lago, en las nubes que ya se disiparon y en la persona que estaba conmigo. Me acuerdo poco del bar: nos pareció que la música era horrible, el ambiente pésimo y, media hora después, estábamos de vuelta a nuestras computadoras y tablets.

¿Y todo lo que le dije a Jacob hoy en la tarde? ¿No debo aprovechar este momento para pensar un poco en mí?

Pero este cuarto me sofoca. Mi perfecto marido duerme a mi lado; por lo visto, no escucha el sonido del viento. Pienso en Jacob acostado al lado de su esposa, contándole todo lo que siente (estoy segura de que no dirá nada respecto de mí), aliviado por tener a alguien que lo ayude cuando se siente más solitario. No creo mucho en la manera como la describió; si fuera verdad, ya se habrían separado. ¡Finalmente ellos no tienen hijos!

Me pregunto si el mistral también lo despertó y de qué deben estar hablando ahora. ¿Dónde viven? No es difícil descubrirlo. Tengo toda esa información a mi disposición en el periódico. ¿Hicieron el amor esta noche? ¿Él la penetró con pasión? ¿Ella gimió de placer?

Mi comportamiento con él siempre es una sorpresa. Sexo oral, consejos sensatos, beso en el parque. No parezco yo misma. ¿Quién es la mujer que me domina cuando estoy con Jacob?

La adolescente provocativa. La que tenía la seguridad de una roca y la fuerza del viento que hoy agitaba el lago Léman, normalmente en calma. Es curioso cómo, cuando nos encontramos con compañeros de la escuela, siempre pensamos que siguen siendo los mismos, aunque el delgadito haya engordado, la más linda se haya conseguido el peor marido posible, los que vivían pegados se hayan apartado y no se hayan visto en años.

Pero con Jacob, por lo menos en ese inicio de reencuentro, todavía puedo volver en el tiempo y ser la niña que no le teme a las consecuencias, porque sólo tiene dieciséis años, y el retorno de Saturno, que traerá consigo la madurez, todavía está lejano.

Trato de dormir, pero no lo consigo. Paso una hora más pensando obsesivamente en él. Me acuerdo de mi vecino lavando su auto y de haber juzgado que su vida no tenía sentido, ocupado en hacer cosas inútiles. No era algo inútil: probablemente se estaba divirtiendo, haciendo ejercicio, contemplando las cosas simples de la vida como una bendición, y no como una maldición.

Eso es lo que me falta: relajarme un poco y aprovechar más la vida. No puedo estar pensando en Jacob. Estoy sustituyendo mi falta de alegría por algo más concreto: un hombre. Y no es la cuestión. Si yo fuera con un psiquiatra, escucharía que mi problema es otro. Falta de litio, baja producción de serotonina, cosas de ese tipo. Eso no comenzó con la llegada de Jacob y no terminará con su partida.

Pero no logro olvidar. La mente repite decenas, centenares de veces el momento del beso.

Y me doy cuenta de que mi inconsciente está transformando un problema imaginario en un problema real. Siempre es así. Por eso surgen las enfermedades.

No quiero ver a ese hombre nunca más en mi vida. Fue enviado por el demonio para desestabilizar algo que de por sí ya estaba frágil. ¿Cómo pude enamorarme tan rápidamente de alguien a quien ni siquiera conozco? ¿Y quién dice que estoy enamorada? Si hasta entonces las cosas funcionaban bien, no veo motivo para que no vuelvan a funcionar.

Repito lo que me dije antes: es una etapa, nada más.

No puedo mantener el foco y atraer cosas que no me hacen bien. ¿No fue eso lo que le dije hoy en la tarde? Debo aguantar firmemente y esperar a que pase la crisis. De lo contrario, corro el riesgo de enamorarme de verdad y sentir de modo permanente lo que sentí por una fracción de segundo cuando almorzamos juntos la primera vez. Y si eso sucediera, las cosas ya no sólo pasarán dentro de mí. En lugar de eso, el sufrimiento y el dolor se esparcirán por todas partes.

Doy vueltas en la cama durante un tiempo que me parece infinito, caigo en el sueño y, en lo que parece sólo un instante después, mi marido me despierta. El día está claro, el cielo azul, y el mistral continúa soplando.

HORA del desayuno. Yo arreglo a los niños.

¿Qué tal si cambiamos papeles por lo menos una vez en la vida? Tú te vas a la cocina y yo alisto a los niños para el colegio.

—¿Es un reto? Pues tendrás el mejor desayuno que hayas probado en muchos años.

No es un reto, es sólo un intento por cambiar un poco. ¿Y no crees que mi desayuno sea lo bastante bueno?

—Mira, es muy temprano para discutir. Sé que ayer en la noche ambos bebimos más de lo que debíamos; los bares ya no son para nuestra edad. Sí, arregla a los niños.

Sale antes de que yo pueda responder. Tomo el celular y reviso las tareas que tendré que enfrentar este nuevo día.

Consulto la lista de compromisos que deben ser cumplidos inaplazablemente. Cuanto mayor es la lista, más productivo considero mi día. Sucede que muchas de las anotaciones son cosas que prometí hacer el día anterior, o durante la semana, y hasta el momento no las he hecho. Y así la lista va aumentando hasta que, de vez en cuando, me pone tan nerviosa que decido borrar todo y comenzar de nuevo. Y ahí me doy cuenta de que nada era importante.

Pero hay algo que no está ahí, y que de ninguna manera debo olvidar: descubrir dónde vive Jacob König y hallar un momento para pasar con el auto frente a su casa.

Cuando bajo, la mesa está puesta y perfecta: ensalada de frutas, aceite de oliva, quesos, pan integral, yogur, ciruelas. También hay un ejemplar del periódico donde trabajo, puesto delicadamente a mi lado izquierdo. Hace tiempo que mi marido abandonó la prensa escrita y en este momento consulta su iPad. Nuestro hijo mayor pregunta qué significa "chantaje". No entiendo por qué quiere saberlo, hasta que mis ojos caen sobre la noticia principal. Ahí está una gran foto de Jacob, una de las muchas que debe haber enviado a la prensa. Tiene un aire pensativo, reflexivo. A un lado de la imagen, el titular: "Diputado denuncia intento de chantaje".

No fui yo quien la escribió. De hecho, cuando yo estaba en la calle, el redactor en jefe me llamó diciendo que podía cancelar mi cita porque acababan de recibir un comunicado del ministerio de Finanzas y estaban trabajando en el caso. Le expliqué que la cita ya había sucedido, que había sido más rápida de lo que yo había imaginado, y que no necesité usar los "procedimientos de rutina". A la misma hora fui enviada a un barrio próximo (que se considera ciudad y tiene hasta alcaldía) para cubrir las protestas contra la tienda de abarrotes que había sido descubierta vendiendo alimentos caducos. Escuché al dueño de la tienda, a los vecinos, a los amigos de los vecinos, y tengo la certeza de que ese asunto es más interesante para el público que el hecho de que un político haya denunciado lo que quiera que sea. De hecho la nota también estaba en la primera página, pero no tan destacada: "Tienda de abarrotes multada. No hay reportes de víctimas de intoxicación".

La foto de Jacob en la mesa del desayuno me incomoda profundamente.

Le digo a mi marido que en la noche tenemos que hablar.

—Dejaremos a los niños con mi madre y saldremos a cenar —responde él—. Yo también necesito pasar algún tiempo contigo. Sólo contigo. Y sin el estruendo de esa música terrible que no entendemos cómo es que tiene éxito.

ERA UNA mañana de primavera.

Yo estaba en un rincón del parquecito, un área donde nadie solía ir. Contemplaba los ladrillos de la pared de la escuela. Sabía que algo estaba mal conmigo.

Los otros niños pensaban que yo era "superior", y yo no me esforzaba por desmentirlo. ¡Por el contrario! Pedía a mi madre que siguiera comprándome ropa cara y que me llevara al colegio en su auto importado.

Hasta aquel día en el parquecito, cuando me di cuenta de que estaba sola. Y que tal vez me quedara así el resto de mi vida. Aunque sólo tuviera ocho años, me parecía que era muy tarde para cambiar y decir a los demás que yo era como ellos.

Era verano.

Yo estaba en la secundaria y los muchachos siempre encontraban la manera de estar encima de mí, por más que yo tratara de mantener distancia. Las otras niñas se morían de envidia, pero no lo reconocían; por el contrario, procuraban ser mis amigas y estar siempre conmigo, para recoger las sobras que yo rechazaba.

Y yo rechazaba prácticamente todo, porque sabía que si alguien lograba entrar en mi mundo no descubriría nada interesante. Era mejor mantener el aire de misterio e insinuar a los demás posibilidades de las que nunca disfrutarían.

En el camino de vuelta a casa, noté algunos hongos que habían crecido por causa de la lluvia. Ahí estaban, intactos, porque todos sabían que eran venenosos. Por una fracción de segundo pensé en comérmelos. No estaba especialmente triste o alegre; sólo quería llamar la atención de mis padres.

No toqué los hongos.

Hoy es el primer día del otoño, la estación más linda del año. En breve las hojas cambiarán de color y los árboles se verán distintos unos de otros. De camino al estacionamiento resuelvo tomar una calle por la que nunca paso.

Me detengo frente a la escuela donde estudié. La pared de ladrillos sigue ahí. Nada ha cambiado, excepto el hecho de que ya no estoy sola. Traigo conmigo el recuerdo de dos hombres: uno al que jamás tendré y otro con quien iré a cenar esta noche en un lugar bonito, especial, elegido con cuidado.

Un pájaro corta el cielo, jugando con el viento. Va de un lado al otro, sube y baja, como si sus movimientos tuvieran alguna lógica que no consigo entender. Tal vez la lógica sea sólo divertirse.

No soy un pájaro. No conseguiría pasarme la vida tan sólo jugando, aunque tenga muchos amigos, con menos dinero que nosotros, que se la viven de viaje en viaje, de restaurante en restaurante. Ya intenté ser así, pero es imposible. Conseguí mi empleo gracias a las influencias de mi marido. Trabajo, ocupo mi tiempo, me siento útil y justifico mi vida. Un día mis hijos estarán orgullosos de su madre y mis amigas de la infancia estarán más frustradas que nunca, porque logré construir algo concreto mientras ellas se dedicaban apenas a cuidar la casa, los hijos y a su marido.

No sé si todos sienten los mismos deseos de impresionar a los demás. Yo los siento y no lo niego, porque eso sólo le ha hecho bien a mi vida, empujándome hacia adelante. Siempre que no corra riesgos innecesarios, claro. Siempre que consiga mantener mi mundo exactamente como es hoy.

Cuando llego al periódico, reviso los archivos digitales del gobierno. En menos de un minuto tengo la dirección de Jacob König, así como información de cuánto gana, dónde estudió, el nombre de su mujer y el lugar donde trabaja ella.

MI MARIDO escoge un restaurante que queda entre mi trabajo y nuestra casa. Ya estuvimos ahí antes. Me gustó la comida, la bebida y el ambiente, pero creo que las comidas caseras siempre son mejores. Sólo ceno afuera cuando lo exige mi vida social y lo evito siempre que puedo. Adoro cocinar. Adoro estar con mi familia, sentir que los protejo y que soy protegida al mismo tiempo.

Entre las cosas que no hice de mi lista de tareas matinal está "pasar en el auto ante la casa de Jacob König". Pude resistir el impulso. Ya tengo suficientes problemas imaginarios para ahora agregar problemas reales de amor no correspondido. Lo que sentí ya pasó. No volverá a ocurrir. Y así caminamos hacia un futuro de paz, esperanza y prosperidad.

—Dicen que el dueño cambió y la comida ya no es la misma —comenta mi marido.

No tiene importancia. La comida de restaurante es *siempre* igual: mucha grasa, platillos muy decorados y, debido a que vivimos en una de las ciudades más caras del mundo, un precio exorbitante por algo que realmente no lo vale.

Pero cenar fuera es un ritual. El *maître* nos saluda, nos conduce a nuestra mesa de siempre (aunque ya hace bastante tiempo que no nos aparecemos por aquí), nos pregunta si queremos el mismo vino (claro que sí) y nos entrega el menú. Lo leo de principio a fin y elijo lo mismo de siempre. Mi marido también opta por el tradicional cordero asado con lentejas. El *maître* nos describe los platillos especiales del día: lo escuchamos educadamente, decimos una o dos palabras amables y pedimos los platillos a los que ya estamos acostumbrados.

———

La primera copa de vino, que no necesitó ser catado y analizado cuidadosamente, ya que estamos casados hace diez años, se acaba rápido entre conversaciones de trabajo y reclamaciones sobre el encargado de revisar la calefacción de la casa, que no se apareció.

—¿Y cómo van las notas sobre las elecciones del próximo domingo? —pregunta mi marido.

Me encargaron un asunto que me es particularmente interesante: "¿La vida privada de un político puede ser escudriñada por los electores?" El artículo da seguimiento a la nota de portada del otro día, la que hablaba sobre el diputado chantajeado por los nigerianos. La opinión general de los entrevistados es: "No nos interesa. No estamos en Estados Unidos y estamos muy orgullosos de eso".

Conversamos sobre otros asuntos recientes: el índice de votantes creció alrededor de un 38 por ciento desde la última elección para el Consejo de Estado. Los conductores de TPG (Transportes Públicos de Ginebra) están cansados, pero contentos con su trabajo. Una mujer fue atropellada atravesando la línea de peatones. Un tren se descarriló y acabó bloqueando la circulación durante más de dos horas. Y otras futilidades por el estilo.

Comienzo a beber la segunda copa, sin esperar la entrada ofrecida por la casa y sin preguntarle a mi marido cómo estuvo su día. Él escucha cortésmente todo lo que acabo de contar. Debe estar preguntándose qué estamos haciendo aquí.

—Hoy pareces más alegre —dice, después de que el mesero llega con el plato principal; entonces me doy cuenta de que he estado hablando sin parar desde hace veinte minutos—. ¿Pasó algo en especial?

Si me hubiera hecho esa misma pregunta el día que estuve en el Parc des Eaux-Vives, me habría ruborizado y hubiera enumerado una serie de disculpas que tendría preparada. Pero no, este día ha sido el mismo día aburrido de siempre, aunque intente convencerme a mí misma de que soy muy importante para el mundo.

—¿De qué querías hablar conmigo?

Me preparo a confesarlo todo, ya entrando a la tercera copa de vino. Entonces llega el mesero y me atrapa cuando estoy a punto de saltar al abismo. Intercambiamos algunas palabras sin sentido, preciosos minutos de mi vida que se desperdician en cortesías mutuas.

Mi marido pide otra botella de vino. El *maître* nos desea buen provecho y se va a buscarla. Entonces comienzo.

Dirás que necesito un médico. No es así. Cumplo con todos mis deberes en la casa y en el trabajo. Pero hace algunos meses que me siento triste.

—No fue lo que creí. Acabo de comentar que estás más alegre.

Claro. Mi tristeza se volvió rutina, ya nadie la percibe. Estoy feliz por tener a alguien con quién hablar. Pero lo que quiero decir no tiene nada que ver con esa aparente alegría. Ya no puedo dormir bien. Me siento egoísta. Sigo intentando impresionar a las personas como si siguiera siendo una niña. Lloro a solas y sin motivo en el baño. Sólo hice el amor con ganas realmente una vez en muchos meses. Y sabes bien de qué día estoy hablando. Pensé que eso era un rito de paso, consecuencia de haber rebasado los treinta años, pero esa explicación no me basta. Siento que estoy desperdiciando mi vida, que un día voy a mirar atrás y a arrepentirme de todo lo que hice. Menos de haberme casado contigo y haber tenido a nuestros lindos hijos.

—Pero, ¿no es eso lo más importante?

Para muchas personas sí. Pero para mí no es suficiente. Y se está poniendo cada vez peor. Cuando finalmente termino las tareas del día, comienza un diálogo interminable en mi cabeza. Tengo pavor de que las cosas cambien, pero al mismo tiempo siento muchas ganas de vivir algo diferente. Los pensamientos se repiten, ya no consigo tener control sobre nada. Tú no sabes nada porque ya estás durmiendo. ¿Notaste que el mistral estaba sacudiendo la ventana ayer en la noche?

—No. Pero estaba bien cerrada.

Eso es lo que quiero decir. Hasta un simple viento que ha soplado miles de veces desde que estamos casados es capaz de despertarme. Noto cuando te metes a la cama y cuando hablas dormido. No lo tomes de manera personal, por favor, pero parece que estoy rodeada de cosas que no tienen absolutamente ningún sentido. Sólo para dejarlo claro: amo a nuestros hijos. Te amo a ti. Adoro mi trabajo. Y todo eso solamente me hace sentir peor, porque estoy siendo injusta con Dios, con la vida, con ustedes.

Él casi no toca su comida. Es como si estuviera ante una extraña. Pero decir esas palabras me hace sentir una inmensa paz. Mi secreto fue revelado. El vino está haciendo efecto. Ya no estoy sola. Gracias, Jacob König.

—¿Crees que necesitas un médico?

No sé. Pero aunque así fuera, no quiero consultarlo, de ninguna manera. Necesito aprender a resolver mis problemas por mí misma.

—Me imagino que es muy difícil guardarse esas emociones durante tanto tiempo. Gracias por confiar en mí. ¿Por qué no me lo contaste antes?

Porque es sólo ahora que las cosas se volvieron insoportables. Hoy me acordé de mi infancia y mi adolescencia. ¿Estaría ya ahí la simiente? Creo que no. A menos que mi mente me haya traicionado todos esos años, lo que considero prácticamente imposible. Vengo de una familia normal, tuve una educación normal, llevo una vida normal. ¿Qué hay de malo en mí?

No te conté nada antes, digo entre lágrimas, porque pensaba que pronto pasaría y porque no quería preocuparte.

—Tú no estás loca. No dejaste que eso se transparentara ni un instante siquiera. No te volviste más irritable ni perdiste peso. Si hay control, existe una salida.

¿Por qué habló de perder peso?

—Puedo pedirle a nuestro médico que te recete algunos ansiolíticos que te ayuden a dormir. Le diré que son para mí. Creo que si logras descansar, poco a poco volverás a dominar tus pensamientos. Tal vez debamos hacer más ejercicio. A los niños les encantaría. Estamos muy volcados en nuestro trabajo, y eso no es bueno.

No estoy muy volcada en mi trabajo. Al contrario de lo que piensas, esos reportajes idiotas me ayudan a mantener la mente ocupada y consiguen evitar el pensamiento salvaje que me posee en cuanto no tengo nada que hacer.

—De cualquier forma, necesitamos ejercicio, estar al aire libre. Correr hasta no aguantar más, hasta caer de cansancio. Quién sabe si debamos recibir a más gente en casa…

¡Eso sería una completa pesadilla! Tener que conversar, entretener a las personas, mantener una sonrisa forzada en los labios, escuchar opiniones sobre la ópera y el tráfico y, al final, todavía tener que lavar toda la loza.

—Vamos al parque de Jura el fin de semana. Hace mucho tiempo que no andamos por ahí.

El fin de semana son las elecciones. Estaré de guardia en el periódico.

Comemos en silencio. El mesero ya vino dos veces a ver si habíamos terminado, y ni siquiera habíamos tocado los platos. La segunda botella de vino se termina rápido. Imagino lo que él está pensando ahora: ¿Cómo ayudo a mi mujer? ¿Qué puedo hacer para que esté feliz? Nada. Nada más de lo que ya haces. Cualquier otra cosa, como llegar con una caja de chocolates o un ramo de flores, sería considerada una sobredosis de cariño y yo moriría de náuseas.

Llegamos a la conclusión de que él no podrá volver conduciendo, tendremos que dejar el auto en el restaurante y venir a buscarlo por la mañana. Llamo por teléfono a mi suegra, le pido que pase la noche con los niños. Mañana temprano llegaré para llevarlos al colegio.

—Pero, ¿qué es exactamente lo que está faltando en tu vida?

Por favor, no me preguntes eso. Porque la respuesta es: nada. ¡Nada! Ojalá tuviera serios problemas que resolver. No conozco a nadie absolutamente que esté pasando por esta misma situación. Hasta una amiga mía, que se pasó años deprimida, ahora se está tratando. No creo que necesite eso, porque no tengo todos los síntomas que ella citó, tampoco quiero entrar en el peligroso terreno de las drogas legales. En cuando a los demás, pueden estar irritados, estresados, llorando por un corazón partido. Y en este último caso, hasta pueden creer que están deprimidos, que necesitan médicos y medicinas. Pero no es nada de eso: es solamente un corazón partido, cosa que ocurre desde que el mundo es mundo, desde que el hombre descubrió esa cosa misteriosa llamada *amor*.

—Si no quieres ir al médico, ¿por qué no procuras leer sobre el asunto?

Por supuesto que ya lo intenté. Me pasé un rato leyendo sitios de psicología. Me dediqué con más ahínco al yoga. ¿No te diste cuenta de que los libros que he llevado a casa muestran un cambio en mi gusto literario? ¿Creíste que estaba más orientada al lado espiritual?

¡No! Estoy buscando una respuesta que no encuentro. Después de leer unos diez libros llenos de palabras de sabiduría, vi que no me llevaban a ningún lado. Hacían un efecto inmediato, pero dejaban de funcionar en cuanto los cerraba. Son frases, palabras que describen un mundo ideal que no existe ni para quien las creó.

—Y ahora, en la cena, ¿te sientes mejor?

Claro. Pero no se trata de eso. Necesito saber en qué me convertí. Yo soy eso, no es algo externo a mí.

Veo que él está intentando desesperadamente ayudarme, pero está tan perdido como yo. Insiste en los síntomas y le digo que ése no es el problema, que todo es un síntoma.

¿Entiendes la idea de un hoyo negro, esponjoso?

—No.

Pues eso es.

Él me garantiza que voy a salir de esta situación. No debo juzgarme a mí misma. No debo culparme por nada de eso. Él está a mi lado.

—Hay una luz al final del túnel.

Quiero creerlo, sin embargo mis pies están pegados al concreto. Pero no te preocupes, seguiré luchando. He estado luchando todos estos meses. Ya me he enfrentado a periodos semejantes, que acabaron pasando. Un día voy a despertar y todo esto habrá sido apenas una pesadilla. Tengo plena confianza en eso.

Él pide la cuenta, toma mi mano, llamamos un taxi. Algo mejoró. Confiar en quien se ama siempre da buenos resultados.

JACOB König, ¿qué estás haciendo en mi cuarto, en mi cama, en mis pesadillas? Deberías estar trabajando duro; finalmente faltan menos de tres días para las elecciones del Consejo Municipal y ya perdiste conmigo horas preciosas de tu campaña, almorzando en La Perle du Lac y conversando en el Parc des Eaux-Vives.

¿No te basta? ¿Qué haces en mis sueños y mis pesadillas? Hice exactamente lo que sugeriste: conversé con mi marido, entendí el amor que siente por mí. Y esa sensación de que la felicidad se había retirado de mi vida desapareció cuando hicimos el amor como no lo hacíamos hace algún tiempo.

Por favor, aléjate de mis pensamientos. Mañana va a ser un día difícil. Tendré que levantarme temprano para llevar a los niños a la escuela, ir al mercado, encontrar un lugar para estacionarme, pensar en un artículo original sobre algo tan poco original como la política… Déjame en paz, Jacob König.

Soy feliz en mi matrimonio. Y ni siquiera sabes, ni sueñas, que estoy pensando en ti. Me gustaría tener a alguien aquí esta noche para que me contara historias con finales felices, cantar una canción que me hiciera adormecerme, pero no. Sólo consigo pensar en ti.

Estoy perdiendo el control. Aunque hace una semana que no nos vemos, tú insistes en estar presente.

Si no desapareces, me veré obligada a ir a tu casa, tomar un té contigo y con tu esposa, entender que son felices, que no tengo oportunidad, que mentiste al decir que te veías reflejado en mis ojos, que permitiste conscientemente que me lastimara con aquel beso que ni siquiera fue pedido.

Espero que me comprendas; rezo por eso, porque ni yo misma consigo entender lo que estoy pidiendo.

Me levanto, voy a la computadora a hacer una investigación sobre "cómo conquistar a un hombre". En vez de eso, sin embargo, tecleo "depresión". Necesito tener la absoluta certeza de lo que me está pasando.

Entro a una página que permite al lector hacer un auto-diagnóstico: "Descubra si tiene algún problema psíquico". Hay una lista de preguntas, y mi respuesta a la mayoría de ellas es "no".

Resultado: "Usted puede estar pasando por un momento difícil, pero nada cercano al estado clínico del individuo depresivo. No hay necesidad de buscar ayuda médica".

¿No lo dije? Lo sabía. No estoy enferma. Por lo visto estoy inventando todo esto sólo para llamar la atención. ¡O para engañarme a mí misma y volver mi vida un poco más interesante, ya que tengo problemas! Los problemas siempre exigen soluciones, y puedo dedicar mis horas, mis días y mis semanas a buscarlas.

Tal vez incluso sea una buena idea que mi marido pida a nuestro médico algo que me ayude a dormir. ¿Quién sabe si no es el estrés en el trabajo, sobre todo en esta época de elecciones, lo que me está poniendo muy tensa? Vivo queriendo ser mejor que los demás tanto en el trabajo como en mi vida personal, y no es fácil equilibrar las dos cosas.

HOY ES sábado, víspera de elecciones. Tengo un amigo que dice odiar los fines de semana, porque la bolsa de valores no funciona y no tiene con qué distraerse.

Mi marido me convenció de que debemos salir. Su argumento fue llevar a los niños a pasear un poco. No podemos quedarnos dos días fuera, porque mañana estaré de guardia en el periódico.

Él me pide que me ponga pants de algodón para correr. Me siento absolutamente incómoda de salir así, sobre todo para ir a Nyon, la antigua y gloriosa ciudad que un día abrigó a los romanos y que ahora tiene menos de veinte mil habitantes. Digo que los pants son para usarse cerca de casa, cuando todos tienen la certeza de que estamos haciendo ejercicio, pero él insiste.

Como no quiero discutir, hago lo que me pide. De hecho, no quiero discutir nada con nadie; ésta es mi actual condición. Cuanto más quieta, mejor.

Mientras voy a un picnic en una pequeña ciudad que queda a menos de treinta minutos en auto de aquí, Jacob debe estar visitando a los electores, conversando con sus asesores y sus amigos, inquieto y tal vez un poco estresado, pero contento porque algo está ocurriendo en su vida. Las encuestas de opinión no cuentan mucho en Suiza, porque aquí el voto secreto es tomado en serio; pero al parecer será reelegido.

Su mujer debe haber pasado la noche en vela, pero por motivos muy distintos a los míos. Estará planeando cómo recibirá a los amigos cuando el resultado sea anunciado oficialmente. Ahora por la mañana debe estar en la feria de Rue de Rive, donde toda la semana se instalan puestos de legumbres, verduras y carnes frente a la puerta del banco Julius Baer y de los escaparates de Prada, de Gucci, de Armani y de otras marcas de lujo. Elige lo mejor que hay, sin preocuparse por el precio. Enseguida, tal vez tome su auto y se dirija a Satigny para visitar uno de los muchos viñedos que son el orgullo de la región, probar distintas cosechas y decidirse por algo que sea capaz de agradar a los que realmente entienden de vinos, como parece ser el caso de su marido.

Volverá a casa cansada pero feliz. Oficialmente, Jacob todavía está en campaña pero, ¿por qué no dejar las cosas listas desde la víspera? ¡Dios mío, ahora es cuando se da cuenta de que tiene menos queso de lo que pensaba! Toma de nuevo el auto y vuelve al mercado. Entre las decenas de variedades expuestas ahí, escoge las que son el orgullo del estado de Vaud: Gruyère (las tres variedades posibles: dulce, medio salado y el más caro de todos, que tarda de nueve a doce meses para estar a punto), Tomme Vaudoise (blando en el interior, para ser consumido fundido o al natural) y L'Etivaz (leche de vaca alpina, cocido lentamente en fuego de leña).

¿Vale la pena pasar por una de las tiendas y comprarse algo nuevo para vestir? Tal vez sea demasiada ostentación. Es mejor sacar del armario el Moschino que compró en Milán, cuando tuvo que acompañar a su marido a una conferencia sobre leyes laborales.

¿Y cómo debe estar Jacob?

Telefonea a la mujer cada hora para preguntar si debe decir esto o aquello, si es mejor visitar tal calle o tal barrio, si la *Tribune de Genève* publicó algo nuevo en el sitio. Cuenta con ella y con sus consejeros, libera un poco de tensión en cada visita que está haciendo hoy, pregunta cuál es la estrategia que estudiaron juntos y hacia dónde debe ir a continuación. Como insinuó en nuestra conversación en el parque, sigue en la política para no decepcionarla. Aunque deteste todo lo que está haciendo, el amor da un aspecto distinto a sus esfuerzos. Si continúa con su brillante carrera, acabará convirtiéndose en presidente de la República. Lo que, en Suiza, no significa nada, porque todos sabemos que los presidentes cambian cada año y son elegidos por el Consejo Federal. Pero, ¿a quién no le gustaría poder decir que su marido "fue presidente de la Confederación Helvética, conocida en el resto del mundo como Suiza"?

Eso le abrirá puertas. Recibirá invitaciones por carretadas para dar conferencias en lugares distantes. Alguna gran empresa lo llamará para formar parte de su consejo administrativo. El futuro de la pareja König es brillante, mientras que yo, en este momento exacto, tengo frente a mí la carretera y la perspectiva de un picnic, vestida con unos horrorosos pants.

LO PRIMERO que hacemos es visi-
tar el museo romano y enseguida subimos la pequeña colina
para ver algunas ruinas. Nuestros hijos juegan. Ahora que mi
marido sabe todo, me siento aliviada: no necesito fingir todo el
tiempo.

—Vamos a correr un poco a la orilla del lago.

¿Y los niños?

Mi marido ve una pareja, amigos nuestros, sentados en una
banca comiendo helado con sus hijos.

—¿Les preguntamos si nuestros hijos los pueden acompañar? Les podemos comprar helado también.

Nuestros amigos se sorprenden al vernos, pero acceden a
nuestra petición.

Antes de descender hasta el margen del Lago Léman, que
todos los extranjeros llaman el Lago de Ginebra, él les compra
helado a los niños y les pide que se porten bien mientras mami
y papi van a correr un rato.

Comenzamos a correr. De un lado están los jardines, del otro
las gaviotas y los barcos que aprovechan el mistral. El viento
no paró al tercer día, ni al sexto, y ya debe estar llegando al
noveno, cuando va a desaparecer por un tiempo, llevándose
con él el cielo azul y el buen clima. Seguimos por la pista
durante quince minutos. Nyon ha quedado atrás y es mejor
regresar.

Hace tiempo que no hago ejercicio. Paro cuando comple-
tamos veinte minutos corriendo. No aguanto más. Puedo hacer
el resto del recorrido caminando.

—¡Claro que aguantas! —me alienta mi marido, saltando

en el mismo lugar, sin perder el ritmo—. No hagas eso. Sigue hasta el final.

Inclino el cuerpo hacia el frente, con las manos en las piernas. Mi corazón está disparado; culpa de las noches insomnes. Él no para de correr a mi alrededor.

—¡Vamos, tú puedes! Este es el problema: parar. Hazlo por mí, por los niños. No es sólo una carrera para hacer ejercicio. Es saber que existe una línea de meta y que no se puede desistir a la mitad.

¿Estará hablando de mi tristeza compulsiva?

Se me acerca. Toma mis manos y me sacude gentilmente. Estoy demasiado cansada para correr; sin embargo, me siento todavía más cansada para resistir. Hago lo que me pide. Continuaremos juntos los diez minutos que faltan.

Paso por los carteles de los candidatos al Consejo de Estado, que no había notado durante la ida. Entre las muchas fotos, ahí está Jacob König, sonriendo a la cámara.

Aumento la velocidad. Mi marido se sorprende y también acelera el paso. Llegamos en siete minutos, en vez de los diez previstos. Los niños no se movieron a pesar del bello paisaje a su alrededor, con las montañas, las gaviotas y los Alpes en el horizonte, ellos tienen los ojos pegados a la pantalla de ese aparato devorador de almas.

Mi marido va hasta ellos, pero yo paso recto. Él me mira sorprendido y feliz al mismo tiempo. Debe pensar que sus palabras surtieron efecto; estoy llenando mi cuerpo con las tan necesarias endorfinas, liberadas en la sangre siempre que hacemos una actividad física un poco más intensa, como cuando corremos o tenemos un orgasmo. Las principales características de esas hormonas son mejorar el humor, optimizar el sistema inmunológico, evitar la vejez precoz pero, sobre todo, provocar una sensación de euforia y placer.

Sin embargo, las endorfinas no me están haciendo nada de

eso. Sólo me dieron fuerza extra para seguir adelante, corriendo hasta fundirme con el horizonte, dejando todo atrás. ¿Por qué tuve unos hijos tan maravillosos? ¿Por qué conocí a mi marido y me enamoré de él? Si él no se hubiera cruzado en mi vida, ¿no sería yo ahora una mujer libre?

Estoy loca. Debería continuar corriendo hasta el manicomio más cercano, porque ésas no son cosas que deba pensar. Pero sigo pensando.

Corro algunos minutos más y regreso. A medio camino me sentí aterrorizada con la posibilidad de que mi deseo de libertad se convirtiera en realidad y ya no encontrara a nadie cuando volviera al parque en Nyon.

Pero ellos están ahí, sonriendo ante la llegada de la madre y esposa amorosa. Los abrazo. Estoy sudada, siento que mi cuerpo y mi mente están sucios, pero aún así los aprieto con fuerza contra mi pecho.

A pesar de lo que siento. O, mejor, a pesar de lo que no siento.

TÚ NO escoges tu vida: ella es la que te escoge a ti. Y si lo que te está reservado son alegrías o tristezas, eso está más allá de tu comprensión. Acéptalo y sigue adelante.

No escogemos nuestras vidas, pero sí decidimos qué hacer con las alegrías y las tristezas que recibimos.

Esta tarde de domingo estoy en la sede del partido por deber profesional (logré convencer a mi jefe de esto y ahora intento convencerme a mí misma). Son las 17:45 y las personas celebran. Al contrario de lo que imaginé en mis enfermizos pensamientos, ninguno de los candidatos electos dará una recepción. Por lo tanto, no será esta vez que tendré la oportunidad de conocer la casa de Jacob y Marianne König.

En cuanto llegué, recibí las primeras informaciones. Más del 45 por ciento de las personas del Estado votaron, lo cual es un récord. Una mujer quedó en primer lugar y Jacob conquistó un honroso tercero, lo que le dará el derecho de entrar en el gobierno, en caso de que el partido así lo decida.

La sala principal está adornada con globos amarillos y verdes, las personas ya comenzaron a beber y algunas me hacen la señal de la victoria, tal vez con la esperanza de que eso sea publicado mañana en el periódico. Pero los fotógrafos todavía no han llegado; hoy es domingo y el día está lindo.

Jacob me ve y después mira para otro lado buscando a alguien con quién conversar sobre asuntos que sólo puedo imaginar cuán poco interesantes deben ser.

Necesito trabajar, o por lo menos fingir que lo hago. Saco una grabadora, una libreta de notas y un bolígrafo de punta de fieltro. Ando de un lado a otro recabando declaraciones del tipo "ahora podemos aprobar el decreto sobre la inmigración" o "los electores entendieron que hicieron la elección equivocada la vez anterior y ahora me trajeron de vuelta".

La gran vencedora afirma que "el voto femenino fue fundamental para mí".

Léman Bleu, la televisión local, montó un estudio en el salón principal. Su presentadora política, el oscuro objeto del deseo de nueve de cada diez hombres ahí, hace preguntas inteligentes, pero recibe como respuesta sólo frases hechas y aprobadas por los asesores.

En un momento determinado, Jacob König es llamado a escena, e intento aproximarme para escuchar lo que dice, pero alguien bloquea mi camino.

—Hola, soy Madame König. Jacob me ha hablado mucho de ti.

¡Qué mujer! Rubia, de ojos azules, vistiendo un elegante cárdigan negro con una mascada roja de Hermès. Por cierto, es la única pieza de marca que se nota. Las demás deben haber sido exclusivamente confeccionadas por el mejor diseñador de París, cuyo nombre debe ser mantenido en secreto para evitar copias.

La saludo, intentando transparentar un aire de sorpresa.

¿Jacob te ha hablado de mí? Lo entrevisté y almorzamos juntos unos días después. Aunque los periodistas no deban opinar sobre los entrevistados, creo que tu marido es un hombre valiente por haber expuesto el intento de chantaje.

Marianne, o Madame König, como se presentó, finge estar interesada en mis palabras. Debe saber más de lo que sus ojos demuestran. ¿Le habrá comentado Jacob sobre nuestro encuentro en el Parc des Eaux-Vives? ¿Debo tocar el asunto?

La entrevista con la televisora Léman Bleu ha comenzado, pero ella no parece tener ningún interés en lo que su marido está diciendo, pues sin duda ya lo sabe de memoria. Debe haber sido ella quien eligió la camisa azul clara y la corbata gris, el saco de franela de corte perfecto, el reloj que él está usando, ni muy caro, para no parecer ostentoso, ni tan barato como para mostrar desprecio por una de las principales industrias del país.

Le pregunto si tiene algo que declarar. Ella dice que, si yo me estoy refiriendo a su trabajo como profesora adjunta de filosofía en la Universidad de Ginebra, será un placer. Pero como esposa de un político reelecto, sería un absurdo.

Creo que me está provocando y decido pagarle con la misma moneda.

Comento que admiro su dignidad. Supe que su marido tuvo un asunto con la mujer de un amigo y aun así ella no hizo escándalo. Ni siquiera cuando todo eso fue a parar a los periódicos poco antes de las elecciones.

—Muy al contrario. Cuando se trata de sexo consensuado en el cual el amor no tiene espacio, estoy a favor de la libertad en las relaciones.

¿Me estará insinuando algo? No logro mirar directamente a esos faroles azules que son sus ojos. Sólo puedo notar que no usa mucho maquillaje. No lo necesita.

—Y digo más —agrega—. Fue mi idea notificar a tu periódico a través de un informante anónimo y revelar todo en la semana de las elecciones. Las personas pronto olvidarán la infidelidad, pero se acordarán para siempre del coraje con el que él denunció la corrupción, aun corriendo el riesgo de crear un problema en su familia.

Ríe con su última frase y advierte que son declaraciones en *off*, o sea, que no deben ser publicadas.

Digo que, según las reglas del periodismo, las personas deben pedir *off* antes de hablar de algo. El periodista puede o no estar de acuerdo. Pedirlo después es como intentar detener una hoja que ha caído en el río y ya está viajando hacia donde las aguas quieran llevarla. La hoja ya no tiene decisión propia.

—Pero tú vas a aceptar, ¿o no? No tienes el menor interés en perjudicar a mi marido.

En menos de cinco minutos de conversación, existe ya una clara hostilidad entre nosotras. Demostrando cierta incomodidad, acepto dejar las declaraciones en *off*. Ella registra en su prodigiosa memoria que la próxima vez debe avisar antes. A cada minuto aprende algo nuevo. A cada minuto se aproxima más a su ambición. Sí, *su* ambición, pues Jacob demostró ser infeliz con la vida que lleva.

Ella no aparta sus ojos de mí. Decido volver a mi papel de periodista y le pregunto si tiene algo que agregar. ¿Preparó alguna fiesta en casa para los amigos íntimos?

—¡Claro que no! Imagina el trabajo que eso daría. Y, además, él ya está elegido. Las fiestas y las cenas deben darse antes, para atraer votos.

De nuevo me siento una completa imbécil, pero necesito hacer cuando menos una pregunta más.

¿Jacob está feliz?

Y entonces veo que llegué al fondo del pozo. Madame König adopta un aire condescendiente y responde pausadamente, como si fuera una profesora dándome una lección:

—Pero *claro* que está feliz. ¿Podrías imaginar que no lo estuviera?

Esa mujer merece morir y ser descuartizada.

Somos abordadas al mismo tiempo; yo, por un asesor que quiere presentarme a la vencedora; ella, por alguien que vino a saludarla. Le digo que fue un placer conocerla. Quiero agregar que, en otra oportunidad, me gustaría explorar más —en *off*, claro— acerca de lo que quiso decir con "sexo consensuado con la mujer de un amigo", pero no me da tiempo. Le entrego mi tarjeta, en caso de que necesite algo, y no soy correspondida. Sin embargo, antes de alejarme, frente al asesor de la vencedora y del hombre que vino a saludarla por la victoria del marido, me toma por el brazo y dice:

—Estuve con nuestra amiga que almorzó con mi marido. Me da pena. Vive haciéndose la fuerte, cuando en realidad es frágil. Finge que es segura, cuando debe estar todo el tiempo preguntándose qué piensan los demás de ella y de su trabajo. Debe ser una persona extremadamente solitaria. Como sabes, querida, nosotras las mujeres tenemos un agudísimo sexto sentido para detectar quién está queriendo amenazar nuestra relación. ¿No es así?

Claro que es verdad, respondo, sin emoción alguna. El asesor hace un gesto de contrariedad. La vencedora me está esperando.

—Pero ella no tiene la menor oportunidad —completa Marianne.

Entonces me extiende la mano, yo la estrecho y la veo alejarse sin más explicaciones.

DURANTE toda la mañana del lunes llamo insistentemente al celular particular de Jacob. No recibo respuesta. Activo el bloqueo de número, deduciendo que él tiene mi teléfono grabado. Lo intento otras veces, pero sigo sin obtener respuesta.

Llamo a sus asesores. Me informan que él está ocupadísimo en este día siguiente a las elecciones. Bien, necesito hablar con él de cualquier manera, y voy a seguir insistiendo.

Uso una estratagema a la cual recurro con cierta frecuencia: usar el celular de otra persona, que no esté en sus contactos.

El teléfono suena dos veces y Jacob atiende.

Soy yo. Necesito verte con urgencia.

Jacob responde con educación, dice que tal vez hoy sea imposible, pero que volverá a llamarme.

—¿Éste es tu nuevo número?

No, es un celular prestado. Porque tú no estabas contestando mis llamadas.

Él ríe, como si estuviera hablando sobre el asunto más importante del mundo. Imagino que está rodeado de gente, y disimula bien.

Alguien sacó una foto en el parque y está queriendo chantajearme, miento. Le diré que la culpa fue de él, que me agarró. Las personas que lo eligieron pensando que aquello sólo había ocurrido una vez quedarán muy decepcionadas. Aunque haya sido elegido para el Consejo de Estado, puede perder la oportunidad de convertirse en ministro.

—¿Tú estás bien?

Digo que sí y cuelgo. Le pido que me envíe un mensaje diciéndome dónde y a qué hora nos veremos mañana.

Estoy excelente.

¿Cómo podría no estarlo? Al fin tengo algo de qué preocuparme en mi aburrida vida. Y mis noches insomnes ya no estarán más repletas de pensamientos perdidos y descontrolados: ahora sé lo que quiero. Tengo una enemiga a quien destruir y un objetivo que alcanzar.

Un hombre.

No es amor; o tal vez lo sea, pero eso no viene al caso. Mi amor me pertenece y soy libre de ofrecerlo a quien yo quiera, aunque no sea correspondida. Claro, sería fantástico que eso sucediera; pero si no sucede, debo tener paciencia. No voy a desistir de cavar este pozo en el que estoy, porque sé que allá en el fondo hay agua, agua viva.

Me alegro con lo que acabo de pensar: soy libre para amar a cualquier persona en el mundo. Puedo decidirlo sin tener que pedir permiso a nadie. ¿Cuántos hombres se enamoraron de mí sin ser correspondidos? Y aun así me enviaban regalos, me cortejaban, se humillaban frente a los amigos. Y nunca estuvieron irritados conmigo.

Cuando me veían de nuevo, todavía había en sus ojos el brillo de la conquista inalcanzada, a la que seguirían intentando conseguir el resto de su vida.

Si ellos actuaron así, ¿por qué no puedo hacer lo mismo? Es interesante luchar por un amor no correspondido.

Puede no ser divertido. Puede dejar marcas profundas e irreparables. Pero es interesante, sobre todo para una persona que hace algunos años tuvo miedo de correr riesgos y comenzó a experimentar momentos de terror ante la posibilidad de que las cosas pudieran cambiar sin que le fuera posible controlarlas.

No voy a reprimir nada ya. Este reto me está salvando.

Hace seis meses compramos una nueva lavadora de ropa y, por eso, tuvimos que cambiar la tubería del área de servicio. Tuvimos que cambiar el piso y repintar la pared. Al final, el área quedó más bonita que la cocina.

Para evitar el contraste, reformamos la cocina. Entonces notamos que la sala estaba vieja. Rehicimos la sala, que quedó más acogedora que el estudio, que había permanecido sin cambios hacía casi diez años.

Nos metimos al estudio. Poco a poco, la reforma se fue extendiendo por toda la casa.

Espero que ocurra lo mismo en mi vida. Que las pequeñas cosas lleven a grandes transformaciones.

PASO un buen rato investigando acerca de la vida de Marianne, que se presenta formalmente como Madame König. Nació en una familia rica, socia de una de las principales compañías farmacéuticas del mundo. Sus fotos en internet siempre la muestran elegante, sea en eventos sociales o deportivos. Nunca está más ni menos bien vestida de lo que exige la ocasión. Jamás iría de pants a Nyon o de vestido Versace a un bar lleno de jóvenes, como hice yo.

Posiblemente es la mujer más envidiable de Ginebra y sus alrededores. Aunque sea heredera de una fortuna y se haya casado con un político promisorio, tiene su propia carrera como profesora adjunta de filosofía. Escribió dos tesis, y una de doctorado, *Vulnerabilidad y psicosis después de la jubilación*, publicada por la Editions Université de Genève. Dos de sus trabajos fueron divulgados en la respetada revista *Les Rencontres*, en cuyas páginas han figurado, entre otros, Adorno y Piaget. Tiene su propia ficha en la versión francesa de Wikipedia, aunque no sea actualizada con mucha frecuencia. Ahí la describen como "especialista en agresión, conflicto y asedio en las casas de reposo de la Suiza romana".

Debe entender de las agonías y de los éxtasis del ser humano, una comprensión tan profunda que fue incapaz de quedar impactada con el "sexo consensuado" de su marido.

Es una estratega brillante, porque llevó a un periódico tradicional a creer en informantes anónimos, que nunca deben ser tomados en serio y que no existen profusamente en Suiza. Dudo que se haya identificado como una fuente.

Manipuladora: fue capaz de transformar algo que podría haber sido devastador en una lección de tolerancia y complicidad entre la pareja y una lucha contra la corrupción.

Visionaria: lo bastante inteligente para esperar antes de tener hijos. Todavía hay tiempo. Hasta entonces, puede construir todo lo que desea sin ser perturbada por llantos en medio de la noche o por vecinos diciendo que debería dejar el trabajo y prestar más atención a los niños. (Porque es exactamente eso lo que hacen mis vecinos.)

Excelente instinto: no me ve como una amenaza; a pesar de las apariencias, no soy un peligro para nadie, sólo para mí misma.

Ése es el tipo de mujer al que quiero destruir sin la menor piedad.

Porque no es una pobre infeliz que despierta a las cinco de la mañana para ir a trabajar al centro de la ciudad, sin visa de residencia, muriendo de miedo de que algún día descubran que está aquí ilegalmente. No es la ricachona casada con un alto funcionario de Naciones Unidas, siempre en fiestas, haciendo lo posible para mostrar qué rica y qué feliz es, aunque todos sepan que su marido tiene una amante veinte años más joven que ella. No es la amante de ese mismo alto funcionario de Naciones Unidas, que trabaja en la organización y, por más que trabaje bien y se esfuerce, nadie jamás reconocerá lo que hace, porque tiene un asunto con el jefe.

No es la ejecutiva solitaria y poderosa que tuvo que mudarse a Ginebra por causa de la sede de la Organización Mundial de Comercio, donde todos toman muy en serio el acoso sexual en el trabajo y no se atreven a cruzar miradas con nadie. Y que de noche se queda mirando la pared de la inmensa mansión que alquiló y, de vez en cuando, contrata a un prostituto para distraerla y hacerla olvidar que pasará el resto de su vida sin marido, sin hijos ni amantes.

No, Marianne no se encuadra en ninguno de esos casos. Es una mujer plena.

DORMÍ mejor. Debo encontrarme con Jacob antes del fin de semana. Por lo menos fue lo que él prometió, y dudo que tenga el valor de cambiar de idea. Estaba nervioso el lunes durante nuestra única conversación telefónica.

Mi marido piensa que el sábado en Nyon me hizo bien. Pero no sabe que fue justamente ese día cuando descubrí lo que realmente me estaba causando tanto mal: la falta de pasión y de aventura.

Uno de los síntomas que percibí en mí fue una especie de autismo psicológico. Mi mundo, antes amplio y lleno de posibilidades, comenzó a empequeñecerse a medida que aumentaba la necesidad de seguridad. ¿Por qué? Debe ser una herencia que cargamos desde el tiempo en que nuestros ancestros vivían en cavernas: los grupos se protegen; los solitarios son diezmados.

Incluso a sabiendas de que, aun cuando estemos en grupo, es imposible controlarlo todo, por ejemplo el cabello que cae o una célula que enloquece y se transforma en tumor.

Pero la falsa seguridad nos hace olvidar eso. Cuanto más podamos percibir las paredes de nuestra vida, tanto mejor. Aunque sea sólo un límite psicológico, aunque en el fondo sepamos que tarde o temprano la muerte va a entrar sin pedir permiso, es bueno fingir que tenemos todo bajo control.

En los últimos tiempos, mi espíritu ha estado bastante revoltoso y perturbado, como el mar. Hice un resumen de mi recorrido hasta aquí y parece que estoy haciendo un viaje transoceánico en una balsa rudimentaria, en plena temporada de tempestades. ¿Sobreviviré?, me pregunto, ahora que ya no hay marcha atrás.

Claro, sobreviviré.

Ya antes enfrenté tempestades. También hice una lista de las cosas en las que debo concentrarme cuando sienta que estoy corriendo el riesgo de caer de nuevo en el hoyo negro:

· Jugar con mis hijos. Leerles historias que sirvan de lección tanto para ellos como para mí; porque las historias no tienen edad.
· Mirar el cielo.
· Beber vasos de agua mineral helada. Puede ser algo extremadamente simple, pero me siento revitalizada cada vez que lo hago.
· Cocinar. Es la más bella y la más completa de las artes. Estimula nuestros cinco sentidos y uno más: la necesidad de dar lo mejor que hay en nosotros. Es mi terapia preferida.
· Escribir mi lista de reclamaciones. ¡Esto fue todo un descubrimiento! Cada vez que me irrito por algo, reclamo y después lo anoto. Al final del día me doy cuenta de que me irrité sin motivo.
· Sonreír, aunque tenga ganas de llorar. Éste es el más difícil de todos los asuntos de la lista, pero nos acostumbramos. Dicen los budistas que una sonrisa pegada en el rostro, por más falsa que sea, acaba iluminando el alma.
· Tomar dos baños al día, en lugar de uno. Reseca la piel por el alto nivel de cal y cloro en el agua de la ciudad. Pero compensa, porque lava el alma.

Pero todo eso sólo funciona porque ahora tengo un objetivo: conquistar a un hombre. Soy un tigre acorralado que no tiene adónde huir. Lo único que me queda es atacar con furia.

FINALMENTE tengo una fecha: mañana a las 15:00, en el restaurante del Campo de Golf de Cologny. Podría haber sido en algún bistró de la ciudad o en un bar en cualquiera de las transversales que dan a la principal (y podría decir única) calle comercial de la ciudad, pero él escogió el restaurante del campo de golf.

A media tarde.

Porque a esa hora el restaurante estará vacío y tendremos más privacidad. Debo encontrar una disculpa decente para mi jefe, pero eso no es un gran problema. Al fin y al cabo escribí un artículo sobre las elecciones que acabó siendo reproducido en muchos otros diarios del país.

Un lugar discreto, es lo que debe tener en mente. Un lugar romántico, es lo que yo pienso, con mi manía de creer en todo lo que quiero. El otoño pintó los árboles de distintos tonos de dorado y tal vez invite a Jacob a dar un paseo. Pienso mejor cuando estoy en movimiento. Y todavía mejor cuando corro, como sucedió en Nyon, pero no creo que eso sea posible.

Ja ja ja.

Esta noche la cena aquí en casa fue queso fundido, que nosotros llamamos *raclette*, con rebanadas de carne cruda de bisonte y la tradicional papa *rösti* —raspada y frita— con crema de leche. Mi familia preguntó si estábamos celebrando algo especial y yo dije que sí: el hecho de estar juntos y poder disfrutar una cena tranquila. Enseguida tomé el segundo baño del día, dejando que el agua lavara toda mi ansiedad. Me llené de crema y fui al cuarto de los niños para leerles una historia. Los encontré pegados a sus tablets. ¡Esto debería estar prohibido para los menores de quince años!

Les ordené que las apagaran —ellos obedecieron de mala

gana—, tomé un libro de cuentos tradicionales, lo abrí al azar y leí:

Durante la era glacial, muchos animales morían a causa del frío. Entonces los puercoespines decidieron juntarse en grupo, así se calentarían y se protegerían unos a los otros.

Pero las espinas herían a los compañeros más cercanos, justamente los que proporcionaban más calor. Por eso volvieron a apartarse.

Y volvieron a morir congelados.

Entonces tuvieron que elegir: eran diezmados de la faz de la Tierra, o aceptaban las espinas de quien estaba junto a ellos.

Sabiamente, decidieron unirse otra vez. Aprendieron a convivir con las pequeñas heridas que una relación muy cercana puede causar, ya que lo más importante era el calor del otro. Y fue así como sobrevivieron.

Los niños quieren saber cuándo podrán ver a un puercoespín de verdad.

—¿Hay en el zoológico?

No sé.

—¿Qué es la era glacial?

Un periodo en el que hacía mucho frío.

—¿Como en invierno?

—Sí, pero un invierno que no terminaba nunca.

—¿Y por qué no se arrancaron sus espinas antes de abrazarse?

¡Dios mío! Debería haber elegido otra historia. Apago la luz y decido cantarles una canción tradicional de una aldea en los Alpes, mientras los acaricio. En poco tiempo están dormidos.

Mi marido me trajo Valium. Siempre me rehusé a tomar medicamentos, pues tengo miedo de volverme dependiente, pero necesito estar en forma para el día siguiente.

Engullo diez miligramos del tranquilizante y caigo en un sueño profundo, sin sueños. No despierto a medianoche.

LLEGO antes de la hora, paso directo por el caserón que aloja al Club de Golf y voy hacia el jardín. Camino hasta los árboles en un extremo, decidida a aprovechar al máximo esta bella tarde.

Melancolía. Ésa es la primera palabra que me viene a la mente cuando llega el otoño. Porque sé que el verano terminó, los días se harán más cortos y no vivimos en el mundo encantado de los puercoespines en su era glacial: nadie soporta la menor herida provocada por los demás.

Sí, en otros países comenzamos a ver personas que mueren por causa de la temperatura, embotellamientos en las carreteras, aeropuertos cerrados. Se encienden las chimeneas, las cobijas salen del armario. Pero eso sólo sucede en el mundo que construimos.

En la naturaleza, el paisaje es magnífico: los árboles, antes tan parecidos unos a otros, adquieren personalidad y deciden pintar los bosques con mil tonos diferentes. Una parte del ciclo de la vida llega a su fin. Todo descansará por un tiempo y resucitará en la primavera, en forma de flores.

No hay mejor momento que el otoño para comenzar a olvidar las cosas que nos molestan. Dejar que se suelten de nosotros como las hojas secas, pensar en volver a bailar, aprovechar cada migaja de un sol que todavía calienta, confortar el cuerpo y el espíritu con sus rayos, antes de que se vaya a dormir y se convierta apenas en una débil lámpara en el cielo.

De lejos, puedo ver que él llegó. Me busca en el restaurante, en la terraza, y va con el encargado del bar, que hace una señal en mi dirección. Ahora Jacob ya me vio y me hace señas.

Comienzo a caminar lentamente hacia la sede del club. Quiero que él aprecie mi vestido, mis zapatos, mi abrigo de media estación, mi modo de andar. Aunque tenga el corazón disparado, no puedo perder el ritmo.

Busco las palabras. ¿Por qué razón misteriosa volvemos a encontrarnos? ¿Por qué ambos nos controlamos, incluso a sabiendas de que existe algo entre nosotros? ¿Tendremos miedo de tropezar y caer, como ya ocurrió tantas veces?

Mientras camino, parece que estoy entrando a un túnel que nunca atravesé: el que lleva del cinismo a la pasión, de la ironía a la entrega.

¿Qué piensa mientras me ve caminar hacia él? ¿Tengo que explicar que no debemos asustarnos, y que "si el mal existe, está escondido en nuestros miedos"?

Melancolía. La palabra que ahora me está transformando en una mujer romántica y que me rejuvenece a cada paso.

Sigo buscando las palabras correctas para decirlas en cuanto esté frente a él. Lo mejor es no buscarlas, sino dejar que fluyan naturalmente. Ellas están aquí conmigo. Puedo no reconocerlas, y no aceptarlas, pero son más poderosas que mi necesidad de controlar todo.

¿Por qué no quiero escuchar mis propias palabras antes de decírselas a él?

¿Será el miedo? ¿Qué puede ser peor que una vida gris, triste, en la que todos los días son iguales? ¿El terror de que todo desaparezca, incluyendo mi propia alma, y que quede absolutamente sola en este mundo, después de haber tenido todo para ser feliz?

Veo, contra el sol, las sombras de las hojas de los árboles cayendo. Lo mismo está ocurriendo dentro de mí: a cada paso que doy, cae una barrera, una defensa es destruida, una pared se desmorona, y mi corazón, escondido detrás de todo eso, comienza a ver la luz del otoño y a alegrarse con ella.

¿Sobre qué conversaremos hoy? ¿Sobre la canción que escuché en el auto, de camino para acá? ¿Acerca del viento en los árboles? ¿Sobre la condición humana con todas sus contradicciones, su oscuridad y su redención?

Hablaremos de melancolía y él dirá que ésa es una palabra triste. Le diré que no, que es nostálgica, que trata de algo olvidado y frágil, como somos todos cuando fingimos no ver el camino hacia el cual la vida nos condujo sin pedirnos permiso, cuando negamos nuestro destino porque nos lleva hacia la felicidad y todo lo que queremos sólo es seguridad.

Algunos pasos más. Más barreras se resquebrajan. Más luz entra en mi corazón. Ya no me pasa por la cabeza controlar lo que sea que fuera, sólo vivir esta tarde que nunca más volverá a suceder. No necesito convencerlo de nada. Si no lo entiende ahora, lo entenderá más tarde. Sólo es cuestión de tiempo.

A pesar del frío, nos sentaremos en la terraza. Así podrá fumar. Al principio estará a la defensiva, queriendo saber de la foto que alguien sacó en el parque.

Pero conversaremos sobre la posibilidad de vida en otros planetas, acerca de la presencia de Dios, muchas veces olvidada por la vida que llevamos. Hablaremos de fe, de milagros y de encuentros trazados antes incluso de que hubiéramos nacido.

Discutiremos acerca de la eterna lucha entre ciencia y religión. Hablaremos del amor, siempre visto al mismo tiempo como un deseo y una amenaza. Él insistirá en que mi definición de melancolía no es correcta, pero me limitaré a tomar en silencio mi té, mirando la puesta de sol en las montañas de Jura, contenta de estar viva.

Ah, también hablaremos de las flores, aunque las únicas visibles sean las que están dentro del bar, provenientes de algún invernadero que las produce en serie. Pero es bueno hablar de flores en otoño. Eso nos da la esperanza de la primavera.

Faltan pocos metros. Las paredes caen completamente.
Acabo de renacer.

Llego a su lado y lo saludo con los convencionales tres besitos
en el rostro, como manda la tradición suiza (siempre que viajo
y doy el tercero, las personas se asustan). Percibo cuán nervioso
está y sugiero que nos quedemos en la terraza; tendremos más
privacidad y él podrá fumar. El mesero ya lo conoce. Jacob pide
Campari con agua tónica, y yo pido té, como planeé.

Para ayudarlo a relajarse, comienzo a hablar de la naturaleza, de los árboles y de la belleza que es darse cuenta de cómo
las cosas son distintas todo el tiempo. ¿Por qué buscamos repetir el mismo patrón? Es imposible. Es antinatural. ¿No sería
mejor ver esos desafíos como una fuente de conocimiento, y
no como enemigos?

Él sigue nervioso. Responde de manera automática, como
si quisiera terminar pronto la conversación, pero no voy a
dejarlo. Éste es un día único en mi vida y merece ser respetado
como tal. Sigo hablando sobre las cosas que se me ocurrieron
mientras caminaba, aquellas palabras sobre las cuales no tengo
control. Me maravilla verlas salir con tanta precisión.

Hablo sobre los animales domésticos. Le pregunto si
entiende por qué a las personas les gustan tanto. Jacob da una
respuesta convencional cualquiera y paso al siguiente asunto:
¿por qué es tan difícil aceptar que las personas son diferentes? ¿Por qué tantas leyes intentan crear nuevas tribus en vez
de aceptar simplemente que las diferencias culturales pueden
hacer nuestras vidas más ricas y más interesantes? Pero él dice
que está cansado de hablar de política.

Entonces conversaremos sobre una pecera que vi hoy en
la escuela de los niños cuando fui a dejarlos. Adentro había
un pez que daba vueltas junto al vidrio y yo me decía: él no

recuerda dónde comenzó a girar y jamás llegará al final. Por eso nos gustan los peces en los acuarios: nos recuerdan nuestras vidas, bien alimentados, pero sin poder ir más allá de las paredes de cristal.

Él enciende otro cigarro. Veo que ya hay dos colillas apagadas en el cenicero. Entonces percibo que he estado hablando hace mucho tiempo, en un trance de luz y paz, sin darle espacio para expresar lo que siente. ¿Sobre qué le gustaría hablar?

—Sobre la foto que mencionaste —responde, con mucho cuidado, porque ya notó que estoy en un momento muy sensible.

Ah, la foto. ¡Claro que existe! Está grabada a fuego y hierro en mi corazón y sólo podré borrarla cuando Dios quiera. Pero entra y mírala con tus propios ojos, porque todas las barreras que protegían mi corazón se fueron derrumbando a medida que me acercaba a ti.

No, no me digas que no conoces el camino, porque ya entraste varias veces, tanto en el pasado como en el presente. Mientras tanto, yo me rehusaba a aceptar eso y entiendo que tú también estés renuente. Somos iguales. No te preocupes, yo conduciré.

Después de que digo todo eso, él toma mi mano con delicadeza, sonríe y clava el puñal:

—Ya no somos adolescentes. Eres una persona maravillosa y, por lo que sé, tienes una linda familia. ¿Has pensado en hacer terapia de pareja?

Por un tiempo me quedo desconcertada. Pero me levanto y camino directamente a mi auto. Sin lágrimas. Sin decir adiós. Sin mirar atrás.

NO SIENTO nada. No pienso en nada. Paso de largo con mi auto y sigo por la carretera, sin saber exactamente adónde debo ir. Nadie me está esperando al final de la caminata. La melancolía se transformó en apatía. Necesito arrastrarme para seguir adelante.

Hasta que, cinco minutos después, estoy ante un castillo. Sé lo que ocurrió ahí: alguien dio vida a un monstruo conocido hasta hoy en día, aunque pocos sepan el nombre de la mujer que lo creó.

La puerta para su jardín está cerrada, pero, ¿qué más da? Puedo entrar por la cerca viva. Puedo sentarme en la banca helada e imaginar lo que ocurrió en 1817. Necesito distraerme, olvidar todo lo que me inspiraba antes y concentrarme en algo diferente.

Imagino un día cualquiera de ese año, cuando su habitante, el poeta inglés Lord Byron, decidió exiliarse aquí. Era odiado en su tierra, tanto como en Ginebra, que lo acusaba de promover orgías y embriagarse en público. Debía estar muerto de aburrimiento. O de melancolía. O de rabia.

Poco importa. Lo que importa es que en ese día cualquiera de 1817 llegaron dos invitados de su país. Otro poeta, Percy Bysshe Shelley, y su esposa de diecinueve años, Mary.

Un cuarto invitado se unió al grupo, pero ahora no puedo recordar su nombre.

Deben haber discutido acerca de literatura. Deben haber protestado por el tiempo, por las lluvias, del frío, por los habitantes de Ginebra, por los compatriotas ingleses, por la falta de té y de whisky. Posiblemente se leyeron sus poemas unos a otros y se deleitaron con elogios mutuos.

Y se creían tan especiales e importantes que decidieron

hacer una apuesta: deberían volver a ese mismo lugar dentro de un año, cada uno trayendo un libro que describiera la condición humana.

Es obvio que, pasado el entusiasmo de los planes y de los comentarios sobre cómo el ser humano era una completa aberración, se olvidaron de lo que habían acordado.

Mary estaba presente durante la conversación. No fue invitada a participar en la apuesta. Primero porque era mujer, y además tenía el agravante de ser joven. Sin embargo, aquello debe haberla marcado profundamente. ¿Por qué no escribir algo sólo para pasar el tiempo? Tenía el tema, sólo debía desarrollarlo, y guardar el libro para sí misma cuando lo hubiera terminado.

Pero cuando volvieron a Inglaterra, Shelley leyó el manuscrito y la animó a publicarlo. Más que eso: como ya era famoso, decidió que lo presentaría a un editor y escribiría el prólogo. Mary se rehusó, pero acabó aceptando, con una condición: su nombre no debía figurar en la portada.

El tiraje inicial, de quinientos ejemplares, se agotó rápidamente. Mary pensó que debía ser gracias al prólogo de Shelley, pero en la segunda edición aceptó incluir su nombre. Desde entonces, el título *nunca* dejó de estar en las librerías del mundo entero. Inspiró a escritores, productores teatrales, directores de cine, fiestas de Halloween, bailes de máscaras. Recientemente fue descrito por un crítico importante como "El trabajo más creativo del romanticismo o, tal vez, de los últimos doscientos años".

Nadie puede explicar por qué. La mayoría nunca lo leyó, pero prácticamente todo el mundo oyó hablar de él.

Cuenta la historia de Víctor, un científico suizo nacido en Ginebra y educado por sus padres para entender el mundo por medio de la ciencia. Siendo niño todavía, vio un rayo caer en un roble y se preguntó: ¿De ahí vendrá la vida? ¿La condición humana puede ser creada por el hombre?

Y como una moderna versión de Prometeo, la figura mito-lógica que robó el fuego de los cielos para ayudar al hombre (la autora le puso como subtítulo *El moderno Prometeo*, pero nadie se acuerda), comienza a trabajar para repetir la hazaña de Dios. Obviamente, a pesar de toda su dedicación, la experiencia se le sale de control.

El título del libro: *Frankenstein.*

Oh, Dios mío —en quien poco pienso todos los días, pero en quien confío en las horas de aflicción—, ¿vine a parar aquí por casualidad o fue tu invisible mano implacable la que me con-dujo a este castillo y me hizo recordar esa historia?

Mary conoció a Shelley cuando tenía quince años; aunque él era casado, no se dejó detener por las convenciones sociales y fue tras el hombre que creía que era el amor de su vida.

¡Quince años! Y ya sabía exactamente lo que quería. Y sabía cómo conseguirlo. Yo tengo treinta y tantos años, todo el tiempo quiero una cosa distinta y soy incapaz de conquis-tarla, aunque pueda caminar por una tarde de otoño llena de melancolía y romanticismo, inspirándome para lo que diría cuando llegara el momento.

No soy Mary Shelley. Soy Víctor Frankenstein y su monstruo.

Traté de dar vida a algo inanimado y el resultado será el mismo del libro: esparcir terror y destrucción.

Ya no hay lágrimas. Ya no existe la desesperación. Me siento como si mi corazón hubiera desistido de todo y mi cuerpo ahora reflejara eso, porque no consigo moverme. Es otoño, entonces la tarde va cayendo de prisa y la linda puesta de sol pronto es sustituida por el crepúsculo. Llega la noche y todavía estoy ahí sentada, mirando el castillo y viendo a sus frecuentadores escan-dalizar a la burguesía de Ginebra a principios del siglo XIX.

¿Dónde está el rayo que dio vida al monstruo?

El rayo no viene. El tráfico, escaso en esta región, todavía es más escaso. Mis hijos esperan la cena y mi marido, que sabe de mi condición, en breve se preocupará. Me parece que tengo una bola de hierro atada a los pies y todavía no soy capaz de moverme.

Soy una perdedora.

PUEDE obligarse a alguien a pedir perdón por despertar un amor imposible?

No, de ninguna manera.

Porque el amor de Dios por nosotros también es imposible. Nunca será correspondido a la altura, pero aun así Él sigue amándonos. Y nos amó tanto que envió a Su único hijo para explicarnos que el amor es la fuerza que mueve al sol y a las estrellas. En una de sus cartas a los Corintios (que nuestra escuela nos obliga a saber de memoria), el apóstol Pablo dice:

> Aunque hable las lenguas de los hombres y de los ángeles,
> si no tuviera Amor, sería como el bronce que suena, o
> como el címbalo que tañe.

Y todos sabemos por qué. Muchas veces escuchamos lo que parecen ser grandes ideas para transformar el mundo. Pero son palabras dichas sin emoción, vacías de Amor, y por eso no nos tocan, por más lógicas e inteligentes que parezcan.

Pablo compara el Amor con la Profecía. Lo compara con los Misterios, con la Fe y con la Caridad.

¿Por qué el Amor es más importante que la Fe?

Porque la Fe es apenas un camino que nos conduce al Amor Mayor.

¿Por qué el Amor es más importante que la Caridad?

Porque la Caridad es sólo una de las manifestaciones del Amor. Y el todo es siempre más importante que la parte. Además, la Caridad también es sólo uno de los muchos caminos que el Amor utiliza para hacer que un hombre se una a su prójimo.

Y, como todos sabemos, existe mucha caridad sin Amor.

Todas las semanas hay un baile de caridad aquí cerca. Las personas pagan una fortuna para comprar una mesa, participan y se divierten, con sus joyas y sus ropas carísimas. Salimos de ahí creyendo que el mundo está mejor por la cantidad recaudada esa noche para los desposeídos de Somalia, los excluidos de Yemen, los que pasan hambre en Etiopía. Dejamos de sentirnos culpables por el cruel espectáculo de la miseria; sin embargo, jamás nos preguntamos adónde va a parar ese dinero.

Los que no tienen contactos para ir al baile, o no están en condiciones de permitirse esa extravagancia, pasan cerca de un mendigo y le dejan una moneda. Listo. Es muy fácil lanzar una moneda a un pobre en la calle. Generalmente es más fácil hacerlo que no hacerlo.

¡Qué gran alivio por sólo una moneda! Es barato para nosotros y resuelve el problema del mendigo.

Sin embargo, si realmente amáramos a aquel pobre hombre, haríamos mucho más por él.

O no haríamos nada. No le daríamos la moneda y —¿quién sabe?— nuestra culpa por aquella miseria podría despertar el verdadero Amor.

Pablo compara entonces el Amor con el sacrificio y el martirio.

Hoy entiendo mejor sus palabras. Aunque yo sea la mujer más exitosa del mundo, incluso aunque sea más admirada y deseada que Marianne König, si no tuviera amor en mi corazón, eso no serviría de nada. *De nada.*

En las entrevistas con artistas y políticos, con trabajadores sociales y médicos, con estudiantes y funcionarios públicos, siempre pregunto: ¿Cuál es el objetivo de tu trabajo? Algunos responden: "formar una familia". Otros dicen: "progresar en mi carrera". Pero cuando voy más a fondo e insisto en la pregunta, la respuesta casi automática es: "mejorar al mundo".

Tengo ganas de ir al Pont du Montblanc con un manifiesto impreso en letras doradas y entregarlo a cada auto o persona que pase por ahí. En él estará escrito: *Suplico a quienes desean algún día trabajar por el bien de la humanidad: jamás olviden que, aunque sus cuerpos sean quemados en el nombre de Dios, si no tienen Amor, no servirá de nada. ¡De nada!*

No podemos dar nada más importante que el reflejo del Amor en nuestra vida. Ese es el verdadero lenguaje universal, que nos permite hablar chino o los dialectos de la India. Viajé mucho en mi juventud, era parte del rito de paso de cualquier estudiante. Conocí países pobres y ricos. La mayoría de las veces no hablaba el idioma local. Pero en todos esos lugares la elocuencia silenciosa del Amor me ayudó a hacerme entender.

El mensaje del Amor está en la forma como llevo mi vida y no en mis palabras ni en mis actos.

En la epístola a los Corintios, Pablo nos dice, en tres versos pequeños, que el Amor está compuesto de muchas cosas. Como la luz. Aprendemos en la escuela que si tomamos un prisma y hacemos que un rayo de sol lo atraviese, ese rayo se dividirá en los colores del arcoíris.

Pablo nos muestra el arcoíris del Amor, como el prisma atravesado por un rayo nos muestra el arcoíris de la luz.

¿Y cuáles son esos elementos? Son virtudes de las cuales oímos hablar todos los días y que podemos practicar en cualquier momento.

Paciencia: *el amor es paciente.*
Bondad: *es benigno.*
Generosidad: *el Amor no se consume en celos.*
Humildad: *no se vanagloria, no se enorgullece.*
Delicadeza: *el Amor no se conduce inconvenientemente.*

Entrega: *no busca sus intereses.*
Tolerancia: *no se exaspera.*
Inocencia: *no se resiente del mal.*
Sinceridad: *no se alegra con la injusticia, sino que se
    regocija con la verdad.*

Todos esos dones están relacionados con nosotros, con nuestra vida diaria, con el hoy y con el mañana, con la Eternidad.

El gran problema es que las personas suelen relacionarlos con el Amor a Dios. Pero, ¿cómo se manifiesta el amor a Dios? Por el amor al hombre.

Para encontrar la paz en los cielos es preciso encontrar el amor en la Tierra. Sin él, no valemos nada.

Yo amo y nadie puede quitarme eso. Amo a mi marido, que siempre me apoyó. Creo también amar a un hombre que conocí en la adolescencia. Mientras caminaba hacia él, en una hermosa tarde de otoño, dejé que muchas de mis defensas cayeran por tierra y ya no consigo volver a levantarlas. Estoy vulnerable, pero no me arrepiento.

Hoy en la mañana, mientras tomaba una taza de café, miré la luz suave de afuera, recordé de nuevo esa caminata y me pregunté por última vez: ¿estaré intentando crear un problema real para apartar mis problemas imaginarios? ¿Estoy realmente enamorada o sólo transferí todas las sensaciones desagradables de estos últimos meses a una fantasía?

No. Dios no es injusto y jamás permitiría que me enamorara de esa manera si no existiera la posibilidad de ser correspondida.

Sin embargo, a veces el amor exige que se luche por él. Y es lo que voy a hacer. En la búsqueda de la justicia tendré que apartar el mal sin exasperación ni impaciencia. Cuando Marianne esté lejos y él junto a mí, Jacob me lo agradecerá el resto de su vida.

O partirá de nuevo, pero me dejará la sensación de que luché hasta donde pude.

Soy una nueva mujer. Voy en busca de algo que no vendrá a mí por libre y espontánea voluntad. Él es casado y piensa que cualquier paso en falso puede comprometer su carrera.

Así que, ¿en qué tengo que concentrarme? En separarlo de su mujer sin que se dé cuenta.

TENDRÉ mi primer encuentro con un traficante!

Vivo en un país que decidió aislarse del mundo y está muy contento con eso. Cuando se decide visitar los pueblecitos alrededor de Ginebra, una cosa queda inmediatamente clara: no existen lugares de estacionamiento, a menos que se use el garaje de algún conocido.

El mensaje es el siguiente: no vengas aquí, extranjero, porque la vista del lago allá abajo, la imponencia de los Alpes en el horizonte, las flores del campo en primavera y el tono dorado de los viñedos cuando llega el otoño, todo eso es herencia de nuestros antepasados, que vivieron aquí sin ser perturbados nunca. Queremos que siga así, entonces no vengas, extranjero. Aunque hayas nacido y crecido en una ciudad vecina, no estamos interesados en lo que tienes para contarnos. Si quieres estacionar tu auto, busca una ciudad grande, llena de lugares adecuados para eso.

Estamos tan aislados del mundo que todavía creemos en la amenaza de una gran guerra nuclear. Es obligatorio que todas las construcciones del país tengan refugios antinucleares. Recientemente, un diputado intentó anular esa ley y el parlamento estuvo en contra: sí, puede ser que jamás haya una guerra nuclear, pero, ¿y la amenaza de armas químicas? Necesitamos proteger a nuestros ciudadanos. Por lo tanto, esos carísimos refugios antinucleares siguen siendo construidos. Y transformados en bodegas y depósitos cuando el Apocalipsis no llega.

Sin embargo, hay cosas que, a pesar de todo nuestro esfuerzo para permanecer como una isla de paz, no logramos impedir que atraviesen la frontera.

Como las drogas, por ejemplo.

Los gobiernos de los estados intentan controlar los puntos de venta y cierran los ojos ante quien compra. A pesar de que vivimos en un paraíso, ¿no estamos todos estresados por el tráfico, por las responsabilidades, por los plazos y por el tedio? Las drogas estimulan la productividad (como la cocaína) y disminuyen la tensión (como la marihuana). Por lo tanto, para no dar un mal ejemplo al mundo, las prohibimos y las toleramos al mismo tiempo.

Pero siempre que el problema comienza a adquirir mayores proporciones, por "coincidencia" alguna celebridad o una persona pública es atrapada con "estupefacientes", como decimos en el lenguaje periodístico. El caso va a parar a los medios para servir de ejemplo, desalentar a los jóvenes y decir a la población que el gobierno tiene todo bajo control, pero, ¡ay de quien se rehúse a cumplir la ley!

Eso ocurre, como máximo, una vez al año. Y no creo que solamente una vez al año alguien importante decida salir de la rutina e ir al pasaje subterráneo de Pont du Montblanc para comprar algo a los traficantes que se dan cita ahí diariamente. Si así fuera, ellos ya habrían desaparecido por falta de clientela.

Llego al lugar. Las familias van y vienen. Los tipos sospechosos continúan ahí sin dejarse molestar y sin perturbar a los demás. Excepto cuando pasa una pareja de jóvenes conversando en lengua extranjera, o cuando un ejecutivo de traje atraviesa el pasaje subterráneo y vuelve al instante siguiente, mirando directamente a los ojos de esos hombres.

Paso la primera vez, voy hasta el otro lado, tomo un agua mineral y protesto por el frío con una persona a la que nunca había visto. Ella no responde, inmersa como está en su mundo. Regreso y ahí están los mismos hombres. Hacemos contacto visual, pero hay mucha gente pasando, lo cual es raro. Es la hora del almuerzo y las personas deberían estar en los carísimos restaurantes esparcidos por el área, intentando cerrar algún negocio o seducir al turista que llegó a la ciudad en busca de empleo.

Espero un poco y paso por tercera vez. Nuevamente hago contacto visual y uno de ellos, con un simple gesto de cabeza, me pide que lo siga. Nunca en mi vida imaginé que haría esto, pero este año ha sido tan diferente que ya no me sorprendo con mis actitudes.

Finjo un aire de despreocupación y voy tras él.

Caminamos dos o tres minutos hasta el Jardín Inglés. Pasamos frente a turistas que sacan fotos ante el reloj de flores, uno de los emblemas de la ciudad. Cruzamos la pequeña estación del tren que da vueltas en torno al lago, como si viviéramos en Disneylandia. Al fin llegamos al borde y miramos el agua. Como una pareja contemplando el Jet d'Eau, la gigantesca fuente ornamental cuyo chorro puede alcanzar los cien metros de altura y que desde hace mucho tiempo se convirtió en el símbolo de Ginebra.

Él espera que yo le diga algo. Pero no sé si mi voz saldrá firme, a pesar de toda mi pose de autoconfianza. Me quedo quieta y lo obligo a romper el silencio:

—¿Hierba, queso, papel o pólvora?

Ya está. Estoy perdida. No sé qué responder y el traficante se da cuenta de que está ante una novata. Fui probada y no pasé la prueba.

Él ríe. Pregunto si cree que soy policía.

—Claro que no. Un policía sabría inmediatamente de lo que estoy hablando.

Explico que es la primera vez que hago esto.

—Se nota. Una mujer vestida como usted jamás se tomaría el trabajo de venir aquí. Podría pedirle a un sobrino o a algún compañero lo que le sobró de su consumo personal. Por eso decidí traerla a la orilla del lago. Podríamos haber hecho la transacción mientras caminábamos, y yo no estaría perdiendo tanto tiempo, pero quiero saber exactamente lo que está buscando o si necesita alguna recomendación.

Él no está perdiendo tiempo. Debía haber estado muriendo de aburrimiento parado en ese pasaje subterráneo. Las tres veces que pasé por ahí no había ningún cliente interesado.

—Muy bien, voy a repetirlo en un lenguaje que tal vez entienda: ¿marihuana, anfetaminas, LSD o cocaína?

Le pregunto si tiene *crack* o heroína. Él dice que esas son drogas prohibidas. Tengo ganas de decirle que todas las que mencionó también son prohibidas, pero me contengo.

No es para mí, explico. Es para una enemiga.

—¿Está hablando de venganza? ¿Pretende matar a alguien con una sobredosis? Por favor, señora, busque a otra persona.

Comienza a apartarse, pero lo detengo y le pido que me escuche. Noto que mi interés por el asunto ya debe haber hecho que el precio se duplique.

Por lo que sé, la persona en cuestión no usa drogas, explico. Pero ha perjudicado seriamente mi relación amorosa. Sólo quiero ponerle una trampa.

—Eso va en contra de la ética de Dios.

Vean nada más: ¡un vendedor de productos que causan dependencia y pueden matar, intentando ponerme en el camino correcto!

Le cuento mi historia. Estoy casada hace diez años, tengo unos hijos maravillosos. Mi marido y yo usamos el mismo modelo de celular y hace dos meses tomé el suyo sin querer.

—¿No usan código de seguridad?

Claro que no. Confiamos uno en el otro. ¿O tendrá él un bloqueo, pero estaba desactivado en ese momento? El hecho es que descubrí cerca de cuatrocientos mensajes de texto y una serie de fotos de una mujer atractiva, rubia, por lo visto muy bien vivida. Hice algo que no debía: un escándalo. Le pregunté a él quién era y él no lo negó; dijo que era la mujer de quien estaba enamorado. Estaba contento de que yo lo hubiera descubierto antes de que tuviera que contármelo.

—Eso pasa con mucha frecuencia.

¡El traficante pasó de evangelizador a consejero matrimonial! Pero sigo, porque estoy inventando todo eso en este momento y me siento animada con la historia que estoy contando. Le pedí que se fuera de casa. Él estuvo de acuerdo y al día siguiente me dejó con nuestros dos hijos para irse a vivir con el amor de su vida. Pero ella lo recibió muy mal, ya que creía que era mucho más interesante tener una relación con un hombre casado que ser obligada a convivir con un marido que ella no eligió.

—¡Mujeres! Es imposible entenderlas.

Pienso lo mismo. Continúo con mi historia: ella dijo que no estaba preparada para vivir con él y terminó todo. Como imagino que ocurre en la mayoría de los casos, él volvió a casa pidiendo perdón. Lo perdoné. De hecho, todo lo que yo quería era que él regresara. Soy una mujer enamorada y no sabría vivir sin la persona que amo.

Sólo que ahora, pasadas algunas semanas, noto que él volvió a cambiar. Ya no es lo bastante tonto como para dejar el celular a la mano; entonces no tengo forma de saber si volvieron a encontrarse. Pero sospecho que sí. Y la mujer, esa ejecutiva rubia, independiente, llena de encanto y poder, me está quitando lo más importante de mi vida: el amor. ¿Él sabe lo que es el amor?

—Entiendo lo que quiere. Pero es muy peligroso.

¿Cómo dice que entiende, si todavía no acabo de explicarle?

—Pretende crear una trampa para esa mujer. No tenemos la mercancía que usted pidió. Pero, para ejecutar su plan, serían necesarios como mínimo treinta gramos de cocaína.

Toma el celular, teclea algo y me muestra. Es una página del portal CNN Money, con los precios de las drogas. Quedo sorprendida, pero descubro que se trata de un reportaje reciente sobre las dificultades que enfrentan los grandes cárteles.

—Como puede ver, gastará cinco mil francos suizos. ¿Vale la pena? ¿No es más barato ir a casa de esa mujer y armar un escándalo? Además, por lo que entendí, tal vez ella no tenga la culpa de nada.

De evangelizador, pasó a consejero matrimonial. Y de consejero matrimonial evolucionó a asesor financiero, intentando evitar que yo gaste inútilmente mi dinero.

Digo que acepto el riesgo. Sé que tengo razón. ¿Y por qué treinta gramos y no diez?

—Es la cantidad mínima para que la persona sea considerada traficante. La pena es mucho más pesada que la de los usuarios. ¿Está segura de que quiere hacer esto? Porque, de camino a su casa o a la casa de esa mujer, pueden apresarla y no tendrá cómo explicar la posesión de la droga.

¿Serán así todos los traficantes, o caí en manos de alguien especial? Adoraría quedarme horas conversando con este hombre, bastante vivido y experimentado. Pero, por lo visto, está muy ocupado. Me pide que regrese en media hora con el dinero en efectivo. Voy a un cajero automático, sorprendida por mi propia ingenuidad. Es obvio que los traficantes no cargan grandes cantidades. ¡De lo contrario serían considerados traficantes!

Vuelvo y ahí está él. Le entrego el dinero discretamente y él me señala un bote de basura que podemos ver desde donde estamos.

—Por favor, no deje la mercancía al alcance de esa mujer, pues ella podría confundirse y acabar ingiriéndola. Sería un desastre.

Este hombre es único; piensa en todo. Si fuera director de una multinacional, estaría ganando una fortuna en bonificaciones de los accionistas.

Cuando pienso en continuar la conversación, él ya se alejó. Miro de nuevo el sitio indicado. ¿Y si no hubiera nada ahí? Pero estos hombres tienen una reputación que cuidar y no harían semejante cosa.

Voy allá, miro a los lados, tomo un sobre de papel manila, lo meto a mi bolsa e inmediatamente tomo un taxi en dirección a la redacción del periódico. Voy a llegar tarde otra vez.

Tengo la prueba del delito. Pagué una fortuna por algo que no pesa casi nada.

¿Pero cómo saber si ese hombre no me engañó? Necesito descubrirlo por mí misma.

Alquilo dos o tres películas cuyos personajes principales son adictos. Mi marido se sorprende con mi nuevo interés.

—No estás pensando en hacer eso, ¿verdad?

¡Claro que no! Es sólo una investigación para el periódico. Por cierto, mañana llegaré tarde. Decidí escribir un artículo sobre el castillo de Lord Byron y necesito darme una vuelta por allá. No te preocupes.

—No estoy preocupado. Creo que las cosas mejoraron mucho desde que fuimos a pasear a Nyon. Debemos viajar más, tal vez en *révellion*. La próxima vez dejaremos a los niños con mi madre. Estuve conversando con personas que entienden de este asunto.

El asunto debe ser lo que él considera como mi estado de depresión. ¿Con quién exactamente estuvo hablando? ¿Algún amigo que pueda irse de la lengua la primera vez que beba de más?

—Nada de eso. Un terapeuta de pareja.

¡Qué horror! Terapia de pareja fue la última cosa que escuché en aquella tarde terrible en el Club de Golf. ¿Estarán ambos hablando a escondidas?

—Tal vez yo haya provocado tu problema. No te doy la atención que mereces. Siempre estoy hablando de trabajo o de otras cosas que debemos hacer. Perdimos el romanticismo necesario para mantener una familia feliz. No basta con preocuparse por los hijos. Necesitamos más mientras todavía seamos jóvenes. ¿Quién sabe si no debamos volver a Interlaken, el primer viaje que hicimos juntos después de conocernos? Podemos subir parte del Jungfrau y disfrutar el paisaje desde lo alto.

¡Terapeuta de pareja! Sólo eso me faltaba.

LA CONVERSACIÓN con mi marido me hace recordar un viejo proverbio: no hay peor ciego que el que no quiere ver.

¿Cómo puede pensar que él me había abandonado? ¿De dónde sacó esa idea loca, si soy yo quien normalmente no lo recibo en la cama con los brazos y las piernas abiertas?

Ya hace un tiempo que no tenemos una relación sexual intensa. En una relación saludable, eso es más necesario para la estabilidad de la pareja que hacer planes para el futuro o hablar sobre los niños. Interlaken me recuerda una época en la que paseábamos por la ciudad al final de la tarde, porque durante la mayor parte del tiempo estábamos encerrados en el hotel, haciendo el amor y bebiendo vino barato.

Cuando amamos a alguien no nos conformamos con conocer sólo su alma; queremos saber cómo es su cuerpo. ¿Necesario? No lo sé, pero el instinto nos lleva a eso. Y no hay una hora para que suceda, ni regla que merezca ser respetada. Nada mejor que el descubrimiento, la timidez perdiendo espacio ante la osadía, los gemidos bajos transformándose en gritos o palabrotas. Sí, palabrotas: tengo una enorme necesidad de escuchar cosas prohibidas y sucias mientras estoy con un hombre dentro de mí.

En esos momentos surgen las preguntas de siempre: "¿Estoy apretando mucho?" "¿Debo ir más rápido o más despacio?" Son cuestiones fuera de lugar, que incomodan, pero que forman parte de la iniciación, del conocimiento y del respeto mutuo. Es muy importante hablar durante esa construcción de la perfecta intimidad. Lo opuesto sería una frustración silenciosa y mentirosa.

Entonces viene el matrimonio. Intentamos mantener el

mismo comportamiento y lo conseguimos; en mi caso duró hasta que me embaracé por primera vez, cosa que ocurrió pronto. Y de repente nos damos cuenta de que las cosas cambiaron.

· El sexo, ahora, sólo de noche, de preferencia un poco antes de dormir. Como si fuera una obligación que ambos aceptan, sin cuestionarse si el otro tiene ganas. Si falta sexo, aparecen las sospechas; por lo tanto, es mejor mantener el ritual.

· Si no fue bueno, no digas nada, porque mañana puede ser mejor. Finalmente, estamos casados, tenemos toda la vida por delante.

· Ya no hay nada por descubrir e intentamos obtener el máximo placer de las mismas cosas. Lo que equivale a comer chocolate todos los días, sin cambiar la marca ni el sabor: no es ningún sacrificio, pero, ¿no existirá nada más allá de eso?

Claro que existe: juguetitos que pueden ser comprados en las *sex shops*, clubes de *swing*, llamar a una tercera persona para que participe, arriesgarse en fiestas atrevidas en la casa de los amigos menos convencionales.

Para mí, todo eso es muy arriesgado. No sabemos cuáles serán las consecuencias; es mejor dejar las cosas como están.

Y así pasan los días. Al conversar con los amigos, descubrimos que esa historia de orgasmo simultáneo, de excitarse juntos, al mismo tiempo, acariciando las mismas partes y gimiendo al unísono, es un mito. ¿Cómo puedo sentir placer si tengo que estar prestando atención a lo que estoy haciendo? Lo más natural sería: toca mi cuerpo, vuélveme loca y después yo haré lo mismo contigo.

Pero la mayoría de las veces no es así. La comunión tiene que ser "perfecta". O sea, inexistente.

Y cuidado con los gemidos, para no despertar a los niños.

"¡Ah, qué bien que ya terminó, estaba cansadísimo(a) y no sé cómo lo logré! ¡Sólo tú! Buenas noches."

Hasta que llega el día en que ambos se dan cuenta de que es necesario romper la rutina. Pero en vez de ir a los clubes de *swing*, a las *sex shops* llenas de aparatos que no sabemos bien cómo funcionan, o a la casa de los amigos locos que no paran de descubrir cosas nuevas, decidimos… pasar un tiempo sin los niños.

Planear un viaje romántico. Sin sorpresa alguna. En el cual todo será absolutamente previsto y organizado.

Y pensamos que ésa es una excelente idea.

ABRÍ una cuenta de correo electrónico falsa. Tengo la droga, debidamente probada (a lo que siguió un juramento de *nunca más* hacerlo, porque la sensación es increíble).

Sé cómo entrar a la universidad sin ser vista y plantar la prueba en el escritorio de Marianne. Falta descubrir qué cajón no abrirá ella tan pronto, lo que tal vez sea la parte más arriesgada del plan. Pero fue eso lo que el traficante sugirió y necesito escuchar a la voz de la experiencia.

No puedo pedir la ayuda de ningún alumno; debo hacerlo todo sola. No tengo más que hacer además de alimentar el "sueño romántico" de mi marido y llenar el teléfono de Jacob con mis mensajes de amor y de esperanza.

La conversación con el traficante me dio una idea, que rápidamente puse en práctica: enviar mensajes de texto todos los días, con frases de amor y de incentivo. Eso puede funcionar de dos maneras. La primera es que él se dé cuenta de que tiene mi apoyo y de que no quedé ni un poco molesta con el encuentro en el Club de Golf. La segunda, en caso de que la primera no funcione, es que un día Madame König se tome el trabajo de investigar el celular de su marido.

Entro a internet, copio algo que me parece inteligente y aprieto el botón de enviar.

Desde las elecciones ya no ha ocurrido nada importante en Ginebra. Jacob ya no es citado en la prensa y no tengo idea de qué esté pasando con él. Sólo una cosa ha movilizado la opinión pública en estos días: si la ciudad debe o no cancelar la fiesta de *révellion*.

Según algunos diputados, los gastos son exorbitantes. Fui la responsable de averiguar exactamente qué significa "exorbitantes". Fui a la prefectura y descubrí el monto exacto: ciento quince mil francos suizos, lo que dos personas, por ejemplo mi compañero de a lado y yo, pagamos de impuestos.

O sea que con el dinero de los impuestos de dos ciudadanos, que ganan un salario razonable aunque no extraordinario, podrían hacer felices a miles de personas. Pero no. Es preciso economizar, porque nadie sabe qué nos reserva el futuro. Mientras tanto, se llenan las arcas de la ciudad. Puede faltar sal en el invierno para despejar las calles y evitar que la nieve se transforme en hielo y provoque accidentes, las carreteras necesitan reparaciones, por todas partes se ven obras que absolutamente nadie sabe para qué sirven.

La alegría puede esperar. Lo importante es conservar las apariencias. Y entiéndase por eso: no dejar que nadie se dé cuenta de que somos riquísimos.

MAÑANA debo levantarme temprano para trabajar. El hecho de que Jacob haya ignorado mis mensajes acabó acercándome a mi marido. Aún así, hay una venganza que pretendo llevar a cabo.

Es verdad que ya casi no tengo ganas de hacerlo, pero detesto dejar mis proyectos a la mitad. Vivir es tomar decisiones y aguantar las consecuencias. Hace mucho tiempo que no lo hago, y tal vez sea una de las razones por las cuales estoy aquí de nuevo, de madrugada, mirando el techo.

Esa historia de estar enviando mensajes a un hombre que me rechaza es una pérdida de tiempo y dinero. Pero ya no estoy interesada en su felicidad. En realidad quiero que sea muy infeliz, porque le ofrecí lo mejor de mí y él me sugirió que fuera a una terapia de pareja.

Y para eso necesito meter a esa bruja a la cárcel, aunque mi alma arda en el purgatorio por muchos siglos.

¿Necesito? ¿De dónde saqué esa idea? Estoy cansada, muy cansada, y no puedo dormir.

"Las mujeres casadas sufren más de depresión que las solteras", decía un artículo publicado hoy en el periódico.

No lo leí. Pero este año está siendo muy, muy extraño.

MI VIDA va superbien, todo marcha como lo planeé cuando era adolescente, estoy feliz... pero de pronto algo sucede.

Es como si un virus hubiera infectado la computadora. Entonces comienza la destrucción, lenta pero implacable. Todo va más despacio. Algunos programas importantes requieren mucha memoria para abrirse. Ciertos archivos —fotos, textos— desaparecen sin dejar rastro.

Buscamos la razón y no encontramos nada. Preguntamos a los amigos que entienden más del asunto, pero ellos tampoco pueden detectar el problema. Sin embargo, la computadora se va quedando vacía, lenta, y ya no es más tuya. Quien la posee ahora es el virus indetectable. Claro, siempre podemos cambiar la máquina, pero ¿y las cosas que guardamos ahí, que nos tomó tantos años poner en orden? ¿Perdidas para siempre?

No es justo.

No tengo el menor control sobre lo que está pasando. La absurda pasión por un hombre que, a estas alturas, debe creer que lo estoy asediando. El matrimonio con un hombre que parece cercano, pero que nunca me muestra sus debilidades y sus vulnerabilidades. Las ganas de destruir a alguien a quien sólo he visto una vez, con el pretexto de que eso exterminará a mis fantasmas interiores.

Mucha gente dice: el tiempo lo cura todo. Pero no es verdad.

Por lo visto, el tiempo cura sólo las cosas buenas que quisiéramos guardar para siempre. Y nos dice: No te dejes ilusionar, la realidad es ésta. Por eso las cosas que leo para levantarme el ánimo no se me quedan por mucho tiempo. Hay un agujero en mi alma que drena toda la energía positiva, dejando sólo el vacío. Conozco el agujero, he estado conviviendo con él hace meses, pero no sé cómo escapar de la trampa.

Jacob piensa que necesito terapia de pareja. Mi jefe me considera una excelente periodista. Mis hijos notan el cambio en mi comportamiento, pero no preguntan nada. Mi marido sólo comprendió lo que yo estaba sintiendo cuando fuimos a un restaurante e intenté abrirle mi alma.

Tomo el iPad de la cabecera de la cama. Multiplico 365 por 70. El resultado es 25,550. El promedio de días que vive una persona normal. ¿Cuántos he desperdiciado?

Las personas que me rodean se quejan de todo. "Trabajo ocho horas diarias y, si me ascienden, trabajaré doce". "Desde que me casé ya no tengo tiempo para mí". "Busqué a Dios y me obligan a asistir a cultos, a misas y a ceremonias religiosas".

Todo lo que buscamos con mucho entusiasmo cuando llegamos a la edad adulta: amor, trabajo, fe, acaba transformándose en una carga demasiado pesada.

Sólo existe una forma de escapar: por el amor. Amar es convertir la esclavitud en libertad.

Pero, por el momento, no consigo amar. Sólo siento odio.

Y, por más absurdo que parezca, eso le da algún sentido a mis días.

AL LUGAR donde Marianne da sus clases de filosofía, un anexo que, para mi sorpresa, queda en uno de los campos del Hospital Universitario de Ginebra. Entonces comienzo a preguntarme: ¿será que este famoso curso que consta en su currículum no pasa de ser algo extracurricular sin la menor validez académica?

Estaciono el auto en un supermercado y camino cerca de un kilómetro hasta llegar aquí, un conjunto de edificios bajos en medio de un bello campo verde, con un pequeño lago al centro y setos indicando las direcciones. Ahí están las instalaciones de instituciones que, aunque parezcan desconectadas, si lo pensamos bien, son complementarias: el ala hospitalaria para ancianos y un asilo para lunáticos. El manicomio está en un lindo edificio de principios del siglo XX, y ahí se forman psiquiatras, enfermeras, psicólogos y psicoterapeutas venidos de toda Europa.

Paso por una cosa extraña, parecida a las señalizaciones que encontramos al final de una pista de aterrizaje en los aeropuertos. Para saber su utilidad tengo que leer la placa que está a un lado. Se trata de una escultura llamada *Pasaje 2000*, una "canción visual" formada por diez barreras de paso de nivel equipadas con luces rojas. Me pregunto si la persona que hizo eso era uno de los internos, pero sigo leyendo y descubro que la obra es de una escultora famosa.

Bueno, respetemos el arte. Pero no me vengan con esa historia de que todo el mundo es normal.

Es hora del almuerzo, mi único momento libre del día. Las cosas más interesantes de mi vida siempre ocurren a la hora del almuerzo: encuentros con amigas, políticos, fuentes y traficantes.

Los salones de clase deben estar vacíos. No puedo dirigirme al restaurante comunitario, donde Marianne, o Madame König, debe estar haciendo sus rubios cabellos a un lado en forma muy displicente, mientras los muchachos que ahí estudian imaginan qué hacer para seducir a esa mujer tan interesante, y las muchachas la miran como un modelo de elegancia, inteligencia y buen comportamiento.

Voy a la recepción y pregunto dónde está el salón de Madame König. Me informan que es la hora del almuerzo (no es posible que yo no lo sepa). Digo que no quiero interrumpirla en su momento de descanso; por eso la esperaré a la puerta del salón.

Estoy vestida como una persona absolutamente normal, de esas que se miran una vez y se olvidan al instante siguiente. Lo único sospechoso es que uso lentes oscuros durante un día nublado. Dejo que la recepcionista note algunos esparadrapos por debajo de mis lentes. Seguramente concluirá que acabo de hacerme una cirugía plástica.

Camino en dirección al sitio donde Marianne da sus clases, sorprendida con mi autocontrol. Imaginé que tendría miedo, que podría desistir a medio camino, pero no. Aquí estoy y me siento muy a gusto. Si algún día tuviera que escribir sobre mí, haría como Mary Shelley y su Víctor Frankenstein, quien sólo quería salir de la rutina: buscar una razón mejor para mi vida poco interesante y carente de desafíos. El resultado sería un monstruo capaz de comprometer a inocentes y salvar a culpables.

Todo el mundo tiene un lado oscuro. Todos tienen ganas de experimentar el poder absoluto. Leo historias de tortura y de guerra y veo que quienes infligen sufrimiento, en el momento en que pueden ejercer el poder, se ven impulsados por un monstruo desconocido, pero cuando vuelven a casa se transforman en dóciles padres de familia, servidores de la patria y excelentes maridos.

Recuerdo una vez, todavía joven, en que un novio me pidió que cuidara a su *poodle*. Yo detestaba a ese perro. Tenía que compartir con él la atención del hombre que amaba. Yo quería *todo* su amor.

Ese día decidí vengarme de aquel animal irracional, que en nada colaboraba con el crecimiento de la humanidad, pero cuya pasividad despertaba amor y cariño. Comencé a agredirlo de una forma que no dejara marcas: picándolo con un alfiler clavado en la punta de un palo de escoba. El perro gemía, ladraba, pero no paré de lastimarlo hasta cansarme.

Cuando llegó mi novio, me abrazó y me besó como siempre. Me dio las gracias por haber cuidado a su *poodle*. Hicimos el amor y la vida continuó como era antes. Los perros no hablan.

Pienso en eso mientras me dirijo al salón de Marianne. ¿Cómo soy capaz de hacer eso? Porque todo el mundo lo es. He visto hombres perdidamente enamorados de sus esposas perder la cabeza y golpearlas, para pedirles perdón enseguida, llorando.

Somos animales incomprensibles.

Pero, ¿por qué hacerle esto a Marianne, si todo lo que ella hizo fue darme una repasada en una fiesta? ¿Por qué elaborar un plan, arriesgarme e ir a comprar la droga e intentar sembrarla en su escritorio?

Porque ella consiguió lo que yo no conseguí: la atención y el amor de Jacob.

¿Basta con esa respuesta? Si así fuera, en este momento el 99.9 por ciento de las personas estarían conspirando para destruirse unas a otras.

Porque me cansé de lamentarme. Porque esas noches

insomnes me enloquecieron. Porque me siento bien en mi locura. Porque no seré descubierta. Porque quiero dejar de pensar en eso de manera tan obsesiva. Porque estoy seriamente enferma. Porque no soy la única. Si *Frankenstein* jamás salió de circulación, es porque todo el mundo se reconoce en el científico y en el monstruo.

Me detengo. "Estoy seriamente enferma". Es una posibilidad real. Tal vez deba salir de aquí ahora mismo y buscar a un médico. Eso haré, pero antes necesito terminar la tarea que me he propuesto, aunque después el médico avise a la policía, protegiéndome por el secreto profesional, pero al mismo tiempo evitando una injusticia.

Llego a la puerta del salón. Reflexiono sobre todos los porqués que enumeré en el camino. Aún así, entro sin titubear.

Y me encuentro con una mesa barata, sin ningún cajón. Sólo una tabla de madera sobre patas torneadas. Algo que sirve poner algunos libros, la bolsa y nada más.

Debía haberlo imaginado. Siento frustración y alivio al mismo tiempo.

Los pasillos, antes silenciosos, comienzan a dar señales de vida otra vez: las personas están regresando a clases. Salgo sin mirar atrás, hacia donde ellos vienen. Hay una puerta al final del corredor. La abro y salgo frente al hospital de ancianos, en lo alto de una pequeña elevación, las paredes macizas y, estoy segura, la calefacción funciona perfectamente. Voy ahí y, en la recepción, pregunto por alguien que no existe. Me informan que la persona debe estar en otro lugar: Ginebra debe ser la ciudad con más asilos por metro cuadrado. La enfermera se ofrece a hacer una búsqueda. Le digo que no es necesario, pero ella insiste:

—No me cuesta nada.

Para evitar más sospechas, acepto que haga una búsqueda. Mientras se ocupa en su computadora, tomo un libro que está sobre el mostrador y comienzo a hojearlo.

—Historias para niños —dice la enfermera, sin despegar los ojos de la pantalla—. Los internos las adoran.

Tiene sentido. Abro una página al azar.

Un ratón vivía deprimido, temeroso del gato. Un gran mago sintió lástima de él y lo transformó en gato. Entonces él comenzó a tener miedo del perro, y el mago lo transformó en perro.

Y ahí comenzó a temer al tigre. El mago, muy paciente, usó sus poderes para transformarlo en tigre. Entonces, le tuvo miedo al cazador. Al fin, el mago desistió y lo transformó de nuevo en ratón, diciendo:

—Nada de lo que haga te ayudará, porque nunca entendiste tu crecimiento. Es mejor que vuelvas a ser quien siempre fuiste.

La enfermera no logra encontrar al paciente imaginario. Pide disculpas. Yo le agradezco y me preparo para salir pero, por lo visto, ella está feliz de tener a alguien con quien conversar.

—¿Usted cree que hacerse una cirugía plástica ayuda?

¿Cirugía plástica? Ah, sí. Recuerdo los pequeños esparadrapos debajo de mis lentes oscuros.

—Aquí la mayoría de los pacientes se han hecho cirugía plástica. Si yo fuera usted, lo evitaría. Provoca un desequilibrio entre el cuerpo y la mente —no le pedí su opinión, pero ella parece estar imbuida de un deber humanitario y continúa—: La vejez es más traumática para quienes creen que pueden controlar el paso de los años.

Le pregunto cuál es su nacionalidad: húngara. Claro. Los suizos jamás darían una opinión que no les fuera solicitada.

Le agradezco su esfuerzo y salgo, quitándome los lentes y los esparadrapos. El disfraz funcionó, pero el plan no. El campus volvió a quedarse vacío. Ahora todos están ocupados en aprender cómo se piensa, cómo se cuida, cómo se hace que los demás piensen.

Doy una larga vuelta y regreso al lugar donde estacioné mi auto. Puedo ver el hospital psiquiátrico a lo lejos. ¿Debería yo estar ahí dentro?

TODOS somos así?, le pregunto a mi marido cuando ya los niños están sumergidos en su sueño y estamos preparándonos para dormir.

—¿Así cómo?

Así como yo, que ora me siento excelente, ora pésimo.

—Creo que sí. Vivimos ejerciendo el autocontrol para que el monstruo no salga de su escondrijo.

Es verdad.

—No somos lo que deseamos ser. Somos lo que la sociedad exige. Somos lo que nuestros padres decidieron. No queremos decepcionar a nadie; tenemos una inmensa necesidad de ser amados. Por eso ahogamos lo mejor de nosotros. Poco a poco, lo que era la luz de nuestros sueños se transforma en el monstruo de nuestras pesadillas. Son las cosas no realizadas, las posibilidades no vividas.

—Por lo que sé, la psiquiatría llamaba a eso psicosis maniacodepresiva, pero ahora, para ser políticamente correcta, lo llama trastorno bipolar. ¿De dónde habrán sacado ese nombre? ¿Acaso el polo norte y el polo sur son diferentes?

Debe ser una minoría…

—Claro que es una minoría la que expresa esas dualidades. Pero apuesto que casi todas las personas tienen ese monstruo dentro de sí.

Por un lado, la villana que va a una facultad para intentar incriminar a una inocente, sin saber explicar bien el motivo de tanto odio. Por el otro, la madre que cuida de su familia con amor y trabaja duro para que nada le falte a sus seres queridos, sin entender tampoco de dónde saca fuerzas para mantener intacto ese sentimiento.

—¿Te acuerdas de Jekyll y Hyde?

Por lo visto, *Frankenstein* no es el único libro que sigue siendo editado desde que fue publicado por primera vez: *El extraño caso del Dr. Jekyll y Mr. Hyde*, que Robert Louis Stevenson escribió en tres días, sigue el mismo camino. La historia se desarrolla en Londres, en el siglo XIX. El médico e investigador Henry Jekyll piensa que el bien y el mal coexisten en todas las personas. Está decidido a probar su teoría, que es ridiculizada por casi todos los que conoce, inclusive por el padre de su novia, Beatriz. Después de trabajar incansablemente en su laboratorio, consigue elaborar una fórmula. Sin querer poner en riesgo la vida de nadie, se usa a sí mismo como conejillo de Indias.

Como resultado, se revela su lado demoniaco, que él llama Mr. Hyde. Jekyll piensa que podrá controlar las idas y venidas de Hyde, pero pronto se da cuenta de que está rotundamente equivocado: cuando liberamos nuestro lado malo, éste acaba ofuscando por completo lo que hay de mejor en nosotros.

Eso aplica para todos los individuos. Así es con los tiranos, que en general tienen excelentes intenciones al principio, pero que poco a poco, para hacer aquello que juzgan que es el bien, echan mano de lo que hay de peor en la naturaleza humana: el terror.

Estoy confundida y asustada. ¿Eso puede pasarle a cualquiera de nosotros?

—No. Sólo una minoría no tiene una noción muy clara de lo que es correcto o equivocado.

No sé si esa minoría sea tan pequeña: ya pasé por algo parecido en la escuela. Tenía un profesor que podía ser la mejor persona del mundo, pero que de repente se transformaba y me dejaba completamente desorientada. Todos los alumnos vivían temiéndole, porque era imposible prever cómo estaría cada día.

¿Pero quién se atrevería a reclamar? Al fin y al cabo, los profesores siempre tienen la razón. Además, todos creían que él tenía algún problema en casa, que pronto se resolvería. Hasta que un día nuestro Mr. Hyde se descontroló y agredió a uno de mis compañeros. El caso llegó a la dirección, y fue despedido.

Desde aquella época me volví recelosa con las personas que demuestran un cariño excesivo.

—Como las *tricoteuses*.

Sí, como esas mujeres trabajadoras, que querían justicia y pan para los pobres y que lucharon por liberar a Francia de los excesos cometidos por Luis XVI. Cuando se instaló el Reinado del Terror, se iban temprano a la plaza de la guillotina, apartaban sus lugares en primera fila y hacían *tricot* mientras esperaban a los condenados a muerte. Posiblemente eran madres de familia que durante el resto del día cuidaban a sus hijos y a su marido.

Tejiendo para pasar el rato entre una cabeza decapitada y otra.

—Tú eres más fuerte que yo. Siempre te lo envidié. Quizás sea el motivo de que nunca haya demostrado tanto mis sentimientos. Para no parecer débil.

No sabe lo que está diciendo. Pero ya la conversación terminó. Él se voltea para el otro lado y se duerme.

Y yo me quedo sola con mi "fuerza", mirando al techo.

EN UNA semana hago lo que me prometí a mí misma que jamás haría: visitar psiquiatras.

Conseguí tres consultas con médicos distintos. Sus agendas estaban llenas, señal de que hay más gente desequilibrada en Ginebra de lo que imaginamos. Comencé diciendo que era urgente y las secretarias argumentaron que todo es urgente, agradecieron mi interés, pero lo lamentaban mucho, pues no podrían desplazar a otros pacientes.

Recurrí a la carta que no falla nunca: decir dónde trabajo. La palabra mágica "periodista", seguida del nombre de un importante diario, es capaz tanto de abrir puertas como de cerrarlas. En este caso yo sabía que el resultado sería favorable. Las consultas fueron programadas.

No le avisé a nadie, ni a mi marido, ni a mi jefe. Visité al primero, un hombre medio extraño, con acento británico, que se apresuró a decir que no aceptaba seguro social. Sospeché que trabajaba ilegalmente en Suiza.

Le expliqué, con toda la paciencia del mundo, lo que me estaba ocurriendo. Usé los ejemplos del Dr. Frankenstein y su monstruo, del Dr. Jekyll y Mr. Hyde. Le supliqué que me ayudara a controlar al monstruo que estaba surgiendo y que amenazaba con salirse de mi control. Él me preguntó qué quería decir eso. Yo no iba a entrar en detalles que pudieran comprometerme, como el intento de hacer que cierta mujer fuera encarcelada injustamente por narcotráfico.

Decidí contarle una mentira: le expliqué que estaba teniendo ideas asesinas, pensando en matar a mi marido mientras dormía. Él preguntó si uno de los dos tenía un amante y dije que no. Él entendió perfectamente y pensó que eso era normal. Un año de tratamiento, con tres sesiones por semana, disminuiría ese instinto en un 60 por ciento. ¡Quedé impactada! ¿Y si yo mataba a mi marido antes? Respondió que lo que estaba ocurriendo era una "transferencia", una fantasía y que los verdaderos asesinos nunca buscan ayuda.

Antes de salir, me cobró doscientos cincuenta francos suizos y pidió a su secretaria que programara consultas regulares a partir de la próxima semana. Le agradecí, le dije que necesitaba consultar mi agenda y cerré la puerta para nunca más volver.

La segunda consulta fue con una mujer. Aceptaba el seguro social y estaba más abierta a escuchar lo que yo tenía que contar. Repetí la historia sobre querer matar a mi marido.

—Bien, a veces también pienso en matar al mío —me dijo, con una sonrisa en el rostro—. Pero las dos sabemos que, si todas las mujeres realizaran sus deseos secretos, casi todos los niños serían huérfanos de padre. Eso es un impulso normal.

¿Normal?

Después de algún tiempo de conversación, durante el cual me explicó que yo estaba siendo "intimidada" por el matrimonio, que sin duda "no tenía espacio para crecer" y que mi sexualidad "provocaba trastornos hormonales ampliamente conocidos en la literatura médica", tomó su recetario y escribió el nombre de un conocido antidepresivo. Agregó que yo todavía enfrentaría un mes de infierno en lo que el medicamento hacía efecto, pero que en breve todo eso no pasaría de ser un recuerdo desagradable.

Siempre que siguiera tomando los comprimidos, claro. ¿Por cuánto tiempo?

—Varía mucho. Pero pienso que en tres años podrá disminuir la dosis.

El gran problema de usar el seguro social es que la cuenta se envía a casa del paciente. Le pagué en efectivo, cerré la puerta y, otra vez, juré no volver jamás a ese lugar.

Al fin fui a la tercera consulta; nuevamente con un hombre, en un consultorio cuya decoración debía haber costado una fortuna. Al contrario de los dos primeros, me escuchó con atención y pareció darme la razón. Yo de hecho corría el riesgo de matar a mi marido. Era una asesina en potencia. Estaba perdiendo el control de un monstruo al que después no lograría meter de nuevo dentro de la jaula.

Finalmente, con todo el cuidado del mundo, me preguntó si usaba drogas.

Sólo una vez, respondí.

Él no me creyó. Cambió de tema. Hablamos un poco sobre los conflictos que todos somos obligados a enfrentar día con día, y entonces volvió a la cuestión de las drogas.

—Usted necesita confiar en mí. Nadie usa drogas sólo una vez. Sepa que estamos protegidos por el secreto profesional. Yo perdería mi licencia médica si comentara cualquier cosa sobre esto. Es mejor que hablemos abiertamente antes de que usted pida su próxima consulta. No sólo es usted quien tiene que aceptarme como médico. Yo también necesito aceptarla como paciente. Así es como funciona.

No, insistí. No uso drogas. Conozco las leyes y no vine aquí para mentir. Sólo quiero resolver rápidamente este problema, antes de causar algún mal a las personas a las que amo o que están cerca de mí.

Su rostro comprensivo tenía barba y era bonito. Asintió antes de responder:

—Usted pasó años acumulando esas tensiones y ahora quiere librarse de ellas de la noche a la mañana. Esto no existe en la psiquiatría o en el psicoanálisis. No somos chamanes que expulsan al espíritu maligno con un pase mágico.

Es claro que estaba siendo irónico, pero acababa de darme una excelente idea. Mis días de buscar ayuda psiquiátrica habían terminado.

POST tenebras lux. Después de las tinieblas, la luz.

Estoy ante la antigua muralla de la ciudad, un monumento de cien metros de ancho, con las imponentes estatuas de cuatro hombres, flanqueadas por otras estatuas menores. Uno de ellos se destaca de los demás. Tiene la cabeza cubierta, una barba larga y trae en las manos lo que, en su época, era más poderoso que una ametralladora: la Biblia.

Mientras espero, pienso: si ese hombre del medio hubiera nacido hoy, todos, sobre todo los franceses y los católicos del mundo entero, lo llamarían terrorista. Sus tácticas para implementar lo que imaginaba era la verdad suprema me hacen asociarlo con la mente pervertida de Osama bin Laden. Ambos tenían el mismo objetivo: instalar un Estado teocrático en el cual todos los que no cumplieran lo que se entendía por ley de Dios deberían ser castigados.

Y ninguno de los dos titubeó antes de echar mano del terror para conseguir sus objetivos.

Juan Calvino es su nombre y Ginebra fue su campo de operaciones. Cientos de personas serían sentenciadas a muerte y ejecutadas cerca de aquí. No sólo los católicos que osaban conservar su fe, sino también los científicos que, en busca de la verdad y la cura de enfermedades, desafiaban la interpretación literal de la Biblia. El caso más famoso es el de Miguel Servet, que descubrió la circulación pulmonar y murió en la hoguera por eso.

No es equivocado castigar a los herejes y a los blasfemos. Así no nos transformamos en cómplices de sus crímenes [...] No se trata aquí de la autoridad del hombre, es Dios quien habla [...] Por lo tanto, si Él exige de nosotros algo de tan extrema gravedad, es para que mostremos que le otorgamos la debida honra, estableciendo su servicio por encima de toda consideración humana, que no perdonamos parientes, ni de cualquier sangre, y que olvidamos toda humanidad, cuando el asunto es el combate por Su gloria.

La destrucción y la muerte no se limitaron a Ginebra: los apóstoles de Calvino, posiblemente representados por las estatuas menores de este monumento, esparcieron su palabra y su intolerancia por toda Europa. En 1566 varias iglesias fueron destruidas en Holanda y los "rebeldes", o sea, las personas que profesaban una fe diferente, fueron asesinados. Una inmensa cantidad de obras de arte fue a parar a la hoguera, bajo acusación de "idolatría". Parte del patrimonio histórico y cultural del mundo fue destruido y perdido para siempre.

Y hoy en día mis hijos estudian a Calvino en el colegio como si fuera el gran iluminador, el hombre con ideas nuevas que nos "liberó" del yugo católico. Un revolucionario que merece ser reverenciado por las próximas generaciones.

Después de las tinieblas, la luz.

¿Qué pasaba por la mente de ese hombre?, me pregunto. ¿Habrá tenido noches de insomnio por saber que las familias estaban siendo diezmadas, que los hijos eran separados de sus padres y que la sangre inundaba el empedrado? ¿O estaría tan convencido de su misión que no tenía espacio para dudar?

¿Creía que todo lo que hacía podía justificarse en nombre del amor? Porque esa también es mi duda, la raíz de mis problemas actuales.

Dr. Jekyll y Mr. Hyde. Las declaraciones de las personas que lo conocieron decían que, en la intimidad, Calvino era un hombre bueno, capaz de seguir las palabras de Jesús y tener sorprendentes gestos de humildad. Era temido, pero también amado, y podía inflamar multitudes con ese amor.

Como la historia es escrita por los victoriosos, nadie se acuerda ya de las atrocidades. Hoy en día es visto como el médico de almas, el gran reformador, aquel que nos salvó de la herejía católica, con sus ángeles, santos, vírgenes, oro, plata, indulgencias y corrupción.

El hombre que estoy esperando llega e interrumpe mis reflexiones. Es un chamán cubano. Le explico que convencí a mi editor de que necesitamos hacer una nota sobre formas alternativas de combatir el estrés. El mundo de los negocios está lleno de gente que en un momento se comporta con extrema generosidad y enseguida descarga su rabia en los más débiles. Las personas son cada vez más imprevisibles.

Los psiquiatras y los psicoanalistas tienen las agendas llenas y ya no pueden atender a todos los pacientes. Y nadie puede esperar meses o años para tratar una depresión.

El cubano escucha sin decir nada. Le pregunto si podemos continuar nuestra conversación en un café, ya que estamos al aire libre y la temperatura ha caído mucho.

—Es la nube —dice, aceptando mi invitación.

La famosa nube permanece en los cielos de la ciudad hasta febrero o marzo y sólo se aparta de vez en cuando por el mistral, que limpia el cielo, pero hace que la temperatura caiga todavía más.

—¿Cómo llegó a mí?

Un guardia de seguridad del periódico habló de usted. El jefe de redacción quería que yo entrevistara psicólogos, psiquiatras, psicoterapeutas, pero eso ya se hizo cientos de veces.

Necesito algo original, y él puede ser la persona adecuada.

—No puede publicar mi nombre. Lo que hago no está cubierto por el seguro social.

Imagino que en realidad está queriendo decir: Lo que hago es ilegal.

Hablo casi durante veinte minutos, intentando ponerlo a sus anchas, pero el cubano me estudia todo el tiempo. Tiene la piel morena, los cabellos grisáceos, es bajo y usa traje y corbata. Nunca me imaginé a un chamán vestido así.

Le explico que todo lo que me diga será mantenido en secreto. Sólo estamos interesados en saber si mucha gente busca sus servicios. Por lo que he oído decir, él tiene la capacidad de curar.

—No es verdad. No soy capaz de curar. Sólo Dios puede hacerlo.

Está bien, estamos de acuerdo. Pero todos los días encontramos a alguien que, de un momento a otro, presenta un comportamiento extraño. Y pensamos: ¿Qué pasó con esa persona a quien siempre creí conocer tan bien? ¿Por qué está actuando de manera tan agresiva? ¿Será el estrés del trabajo?

Y al día siguiente la persona está normal de nuevo. Tú sientes alivio, para después sentir que te están jalando el tapete bajo los pies cuando menos te lo imaginas. Y esa vez, en lugar de preguntarte qué hay de malo con esa persona, te preguntas qué fue lo que hiciste mal.

El cubano no dice nada. Todavía no confía en mí.

¿Eso tiene cura?

—Hay cura, pero pertenece a Dios.

Sí, eso lo sé, pero, ¿cómo hace Dios para curar?

—Varía mucho. Mira dentro de mis ojos.

Obedezco y parece que estoy entrando en una especie de trance sin que pueda controlar adónde voy.

—En nombre de las fuerzas que guían mi trabajo, por el poder a mí conferido, pido a los espíritus que me protegen que destruyan tu vida y la de tus familiares si decides entregarme a la policía o denunciarme ante el servicio de inmigración.

Hace algunos pases con la mano alrededor de mi cabeza. Me parece la cosa más surreal del mundo y tengo ganas de levantarme y marcharme. Pero cuando me doy cuenta, él ya volvió a la normalidad: ni muy simpático ni demasiado distante.

—Puedes preguntar. Ahora confío en ti.

Estoy un poco asustada. Pero realmente no es mi intención perjudicar a este hombre. Pido otra taza de té y le explico exactamente lo que deseo: los médicos que "entrevisté" dicen que la cura tarda mucho. El guardia del periódico comentó que —mido bien las palabras— Dios fue capaz de usar al cubano como canal para acabar con un grave problema de depresión.

—Somos nosotros quienes creamos la confusión en nuestras cabezas. Ésta no viene de afuera. Basta con pedir el auxilio de un espíritu protector, que entra en tu alma y ayuda a ordenar la casa. Sin embargo, nadie cree en espíritus protectores. Ellos permanecen observándonos, locos por ayudar, pero nadie los invoca. Mi trabajo es traerlos cerca de quien los necesita y esperar a que hagan su trabajo. Sólo eso.

Digamos, hipotéticamente, que en uno de sus momentos de agresividad, una persona concibe un plan maquiavélico para destruir a otra. Como difamarla en el trabajo, por ejemplo.

—Eso pasa todos los días.

Ya lo sé, pero cuando pasa esa agresividad, cuando la persona vuelve a la normalidad, ¿no se verá consumida por la culpa?

—Claro. Y eso sólo empeora su condición al paso de los años.

Entonces el lema de Calvino está equivocado: después de las tinieblas, la luz.

—¿Qué?

Nada. Estaba divagando sobre el monumento del parque.

—Sí, hay luz al final del túnel, si eso es lo que quieres decir. Pero a veces, cuando la persona atravesó la oscuridad y llegó al otro lado, dejó tras de sí un enorme rastro de destrucción.

Perfecto, volvemos al asunto: su método.

—No es mi método. Ha sido usado a lo largo de los años para el estrés, la depresión, la irritabilidad, los intentos de suicidio y las muchas otras maneras que el hombre ha encontrado para causarse daño a sí mismo.

Dios mío, estoy ante la persona correcta. Necesito mantener la sangre fría.

Podemos llamarle…

—…trance autoinducido. Autohipnosis. Meditación. Cada cultura tiene su nombre para eso. Pero acuérdate que la Sociedad de Medicina de Suiza no ve con buenos ojos estas cosas.

Le explico que practico el yoga y que aún así no logro alcanzar ese estado en que los problemas se organizan y se resuelven.

—¿Estamos hablando de ti o de un reportaje para el periódico?

De ambos. Bajo la guardia porque sé que no tengo secretos para este hombre. Tuve la certeza de eso en el momento en que me pidió que mirara el fondo de sus ojos. Le explico que su preocupación por el anonimato es absolutamente ridícula: mucha gente sabe que atiende en su casa, en Veyrier. Y muchas personas, entre ellas los policías encargados de la seguridad en las prisiones, recurren a sus servicios. Fue eso lo que me explicó el sujeto allá en el periódico.

—Tu problema son las noches —dice él.

Sí, ese es mi problema. ¿Por qué?

—La noche, simplemente por ser la noche, es capaz de revivir en nosotros los terrores de la infancia, el miedo a la soledad, el pavor a lo desconocido. Sin embargo, si logramos vencer esos fantasmas, venceremos con facilidad a los que aparecen durante el día. Si no le tenemos miedo a las tinieblas, es porque somos compañeros de la luz.

Me siento ante un profesor de primaria que me explica lo obvio. ¿Podría yo ir a su casa para que me haga...

—...un ritual de exorcismo?

No había pensado en ese nombre, pero es exactamente lo que necesito.

—No hay necesidad. Veo en ti muchas tinieblas, pero también mucha luz. Y en este caso, tengo la seguridad de que, al fin, la luz vencerá.

Estoy casi llorando, porque el hombre de hecho está entrando en mi alma, sin que yo pueda explicar exactamente cómo.

—Procura dejarte llevar por la noche de vez en cuando, mirar las estrellas e intentar embriagarte con la sensación del infinito. La noche, con todos sus sortilegios, también es un camino hacia la iluminación. Así como el pozo oscuro tiene en su fondo el agua que mata la sed, la noche, cuyo misterio nos aproxima a Dios, tiene escondida en sus sombras la llama capaz de encender nuestra alma.

Conversamos durante casi dos horas. Él insiste en que no necesito nada más allá que dejarme llevar e, incluso, que mis mayores temores son infundados. Le explico mi deseo de venganza. Él escucha sin hacer ningún comentario ni juzgar palabra alguna. A medida que hablo, me voy sintiendo mejor.

Él sugiere que salgamos de ahí y caminemos por el parque. En uno de sus rincones hay varios cuadrados blancos y negros pintados en el suelo, e inmensas piezas de ajedrez de plástico. Algunas personas están jugando, a pesar del frío.

Él ya no dice prácticamente nada; soy yo quien sigue hablando sin parar, a veces agradeciendo, otras maldiciendo la vida que llevo. Nos detenemos frente a uno de los gigantescos tableros de ajedrez. Él parece estar más atento al juego que a mis palabras. Dejo de lamentarme y comienzo también a seguir la partida, aunque no me interese ni un poco.

—Sigue hasta el final –dice él.

¿Sigo hasta el final? ¿Traiciono a mi marido, pongo la cocaína en la bolsa de mi rival y llamo a la policía?

Ríe.

—¿Ves a esos jugadores? Siempre tienen que hacer el siguiente movimiento. No pueden parar a la mitad, porque eso significa aceptar la derrota. Llega un momento en que ésta es inevitable, pero al menos lucharán hasta el final. Ya tenemos todo lo que necesitamos. Ya no hay nada que mejorar. Creer que somos buenos o malos, justos o injustos, todo eso son tonterías. Sabemos que hoy Ginebra está cubierta con una nube que tal vez tarde meses en irse, pero tarde o temprano partirá. Por lo tanto, sigue adelante y déjate llevar.

¿Ni una palabra para impedir que haga lo que no debo?

—Ninguna. Al hacer lo que no debes, tú misma te darás cuenta. Como te dije en el restaurante, la luz en tu alma es mayor que las tinieblas. Pero para eso tienes que ir hasta el final del juego.

Creo que nunca, en toda mi vida, escuché un consejo tan disparatado. Le agradezco el tiempo que me concedió, pregunto si le debo algo, y él dice que no.

De regreso al periódico el redactor me pregunta por qué tardé tanto. Le explico que, por tratarse de un tema no muy ortodoxo, me costó trabajo conseguir la explicación que necesitaba.

—Y ya que no es tan ortodoxo, ¿no estaremos estimulando una práctica ilícita?

¿Estaremos estimulando una práctica ilícita cuando bombardeamos a los jóvenes con incentivos para el consumo exagerado? ¿Estaremos estimulando los accidentes cuando hablamos de nuevos autos que pueden llegar a correr doscientos cincuenta kilómetros por hora? ¿Estaremos estimulando la depresión y las tendencias suicidas cuando publicamos artículos sobre personas exitosas, sin explicar bien cómo llegaron ahí y haciendo que todos los demás se convenzan de que no valen nada?

El redactor en jefe no quiere discutir mucho. Tal vez sea incluso interesante para el periódico, cuyo tema principal del día fue "La Cadena de la Felicidad logra recaudar ocho millones de francos para país asiático".

Escribo una nota de seiscientas palabras, el máximo espacio que se me concedió, sacada enteramente de las investigaciones en internet, porque no logré aprovechar nada de la conversación con el chamán, que se convirtió en consulta.

JACOB!

Acaba de resucitar y de enviarme un mensaje invitándome a tomar un café, como si no hubiera tantas otras cosas interesantes que hacer en la vida. ¿Dónde está el sofisticado catador de vinos? ¿Dónde está el hombre que ahora tiene el mayor afrodisiaco del mundo, el poder?

Sobre todo, ¿dónde está el novio de la adolescencia que conocí en una época en que todo era posible para los dos?

Se casó, cambió y me manda un mensaje invitándome a un café. ¿No podría ser más creativo y proponer una carrera nudista en Chamonix? Tal vez me dejaría más interesada.

No tengo la menor intención de responder. Fui rechazada, humillada por su silencio durante semanas. ¿Y cree que voy a salir corriendo sólo porque me concedió el honor de invitarme a hacer algo?

Después de acostarme, escucho (con audífonos) una de las cintas que grabé con el cubano. Todavía en la parte en que estaba fingiendo ser sólo una periodista, y no la mujer asustada consigo misma, le pregunté si el autotrance (o meditación, la palabra que él prefiere) era capaz de hacer que alguien olvidara a otra persona. Abordé el asunto de manera que él pudiera entender "amor" o "trauma por agresión verbal", que era justamente sobre lo que estábamos conversando en ese momento.

—Ésa es una tarea medio espinosa —respondió—. Sí podemos inducir una amnesia relativa, pero como esa persona está asociada con otros hechos y con otros eventos, sería prácticamente imposible eliminarla por completo. Además, olvidar es una actitud equivocada. Lo correcto es enfrentar.

Escucho toda la cinta intentando distraerme, hago promesas, anoto más cosas en la agenda, pero nada da resultado. Antes de dormir le envío un mensaje a Jacob aceptando la invitación.

No puedo controlarme, ése es mi problema.

NO VOY a decir que te extrañé, porque no me vas a creer. No voy a decir que no respondí a tus mensajes porque tengo miedo de enamorarme de nuevo.

Yo realmente no creería nada de eso. Pero dejo que siga explicando lo inexplicable. Aquí estamos en un café sin nada de especial en Collonges-sous-Salève, una aldea en la frontera con Francia, que queda a quince minutos de mi trabajo. Los otros pocos parroquianos son camioneros y operadores de una cantera que se localiza aquí cerca.

Soy la única mujer, salvo por la encargada del bar, que anda de un lado a otro, excesivamente maquillada e intercambiando bromas con los clientes.

—Estoy viviendo un infierno desde que apareciste en mi vida. Desde ese día en mi oficina, cuando fuiste a entrevistarme e intercambiamos intimidades.

"Intercambiamos intimidades" es una forma de expresión. Le hice sexo oral. Él no me hizo nada a mí.

—No puedo decir que soy infeliz, pero estoy cada vez más solitario, aunque nadie lo sepa. Incluso aunque esté entre amigos, el ambiente y la bebida sean excelentes, la conversación esté animada y yo esté sonriendo, sin motivo alguno no consigo prestar más atención a la conversación. Digo que tengo un compromiso importante y me voy. Sé lo que me falta: tú.

Es hora de vengarme: ¿no crees que necesitas una terapia de pareja?

—Creo que sí. Pero tendría que ir con Marianne, y no puedo convencerla. Para ella, la filosofía lo explica todo. Notó que estoy distinto, pero lo atribuyó a las elecciones.

El cubano tuvo razón al decir que debemos llevar ciertas

cosas hasta el final. En este momento, Jacob acaba de salvar a su mujer de una grave acusación por tráfico de drogas.

—Mis responsabilidades aumentaron demasiado y todavía no me acostumbro a eso. Según ella, en poco tiempo ya estaré habituado. ¿Y tú?

¿Y yo qué? ¿Qué quieres saber exactamente?

Mis esfuerzos por resistir cayeron por tierra en el momento en que lo vi sentado solo ante una mesa en un rincón, un Campari con soda en la mesa y una sonrisa que se abrió en cuanto me vio entrar. Somos de nuevo adolescentes, esta vez con derecho de tomar bebidas alcohólicas sin estar infringiendo ninguna ley. Tomo sus manos heladas, no sé si de frío o de miedo.

Todo está bien, respondo. Sugiero que la próxima vez nos encontremos más temprano; el horario de verano ya terminó y está anocheciendo más rápido. Él está de acuerdo y me da un beso discreto en los labios, preocupado por no llamar la atención de los hombres que nos rodean.

—Una de las peores cosas para mí son los lindos días de sol de este otoño. Abro la cortina de mi oficina, veo a las personas allá afuera, algunas de las cuales caminan de la mano sin tener que preocuparse por las consecuencias. Y yo no puedo demostrar mi amor.

¿Amor? ¿El chamán cubano habrá sentido pena de mí y pidió alguna ayuda a los espíritus misteriosos?

Yo esperaba todo de este encuentro, menos un hombre capaz de abrir su alma como él lo está haciendo. Mi corazón late cada vez más fuerte; de alegría, de sorpresa. No le voy a preguntar a él ni a mí por qué está sucediendo eso.

—Mira, no envidio la felicidad ajena. Simplemente no entiendo por qué otras personas pueden ser felices y yo no.

Paga la cuenta en euros, cruzamos la frontera a pie y caminamos hacia nuestros autos, que quedaron estacionados del otro lado de la calle, o sea, en Suiza.

Ya no hay espacio para demostraciones de afecto. Nos despedimos con los tres besitos en el rostro y seguimos cada uno a su destino.

Al igual que como ocurrió en el Club de Golf, no consigo manejar cuando llego a mi auto. Me pongo una chamarra con capucha para protegerme del frío y comienzo a caminar sin rumbo por el pueblecito. Paso por una oficina de correos y un estilista. Veo un bar abierto, pero prefiero caminar para distraerme. No tengo el menor interés en entender lo que está pasando. Sólo quiero que pase.

"Abro la cortina de mi oficina, veo a las personas allá afuera, algunas de las cuales caminan de la mano sin tener que preocuparse por las consecuencias. Y yo no puedo demostrar mi amor", había dicho.

Y cuando yo sentía que nadie, absolutamente nadie, era capaz de entender lo que ocurría dentro de mí, ni chamanes, ni psicoanalistas, ni mi marido, apareciste para explicármelo…

Es soledad, a pesar de vivir rodeada de seres queridos, que se preocupan por mí y me desean lo mejor, pero que tal vez intenten ayudarme sólo porque sienten lo mismo, soledad, y porque, en ese gesto de solidaridad, está grabado a fuego: "Yo soy útil, aunque esté solo".

Aunque el cerebro diga que todo está bien, el alma está perdida, confundida, sin saber bien por qué está siendo injusta con la vida. Pero despertamos por la mañana y vamos a cuidar a nuestros hijos, a nuestro marido, a nuestro amante, a nuestro jefe, a nuestros empleados, a nuestros alumnos, a esas decenas de personas que llenan de vida un día normal.

Y siempre tenemos una sonrisa en el rostro y una palabra de aliento, porque nadie puede explicar la soledad a los demás, sobre todo cuando se está siempre bien acompañado. Pero esa soledad existe y va corroyendo lo que hay de mejor en nosotros, porque necesitamos usar toda nuestra energía para parecer felices, aunque jamás logremos engañarnos a nosotros mismos. Sin embargo, insistimos en mostrar sólo la rosa que se abre todas las mañanas y en esconder dentro de nosotros el tallo lleno de espinas que nos hiere y nos hace sangrar.

Incluso sabiendo que todo el mundo, en algún momento, se ha sentido total y absolutamente solo, es humillante decir: "Estoy solo, necesito compañía, tengo que matar a este monstruo que, igual que los dragones de los cuentos de hadas, todos creen que es fantasía, pero no lo es". Estoy esperando a un caballero puro y virtuoso que venga con su gloria para derrotarlo y empujarlo definitivamente al abismo, pero el caballero no aparece.

E incluso así no podemos perder la esperanza. Comenzamos a hacer cosas que no acostumbramos hacer, a atrevernos más allá de lo que es justo y necesario. Las espinas dentro de nosotros se hacen más grandes y devastadoras y, aún así, no podemos desistir a medio camino. Como si la vida fuera un inmenso juego de ajedrez, donde todos están observando para ver el resultado. Fingimos que no es importante ganar o perder, que lo importante es competir; rogamos para que nuestros verdaderos sentimientos sean opacados y escondidos, pero entonces…

…En vez de buscar compañía, nos aislamos más, para poder lamer nuestras heridas en silencio. O vamos a cenas y almuerzos con gente que nada tiene que ver con nuestra vida y que pasa todo el tiempo hablando de cosas que no tienen la menor importancia. Hasta nos distraemos por algún tiempo, bebemos y celebramos, pero el dragón sigue vivo. Hasta que las personas realmente cercanas ven que algo está mal y comienzan a culparse por no haber logrado hacernos felices. Preguntan cuál es el problema. Respondemos que todo está bien, pero no lo está…

Todo está pésimo. Por favor, déjenme en paz porque ya no tengo lágrimas para llorar o corazón para sufrir; sólo tengo insomnio, vacío y apatía. Y ustedes sienten lo mismo; pueden preguntárselo a sí mismos. Pero insisten y dicen que eso es sólo una fase difícil, o una depresión, porque temen usar la verdadera, maldita palabra: soledad.

Mientras tanto, seguimos buscando incesantemente la única cosa que nos haría felices: el caballero de resplandeciente armadura que mate al dragón, tome la rosa y le arranque las espinas.

Muchos alegan que somos injustos con la vida. Otros se alegran, porque piensan que eso es lo que merecemos: la soledad, la infelicidad, porque lo tenemos todo y ellos no.

Pero un día los que están ciegos comienzan a ver. Los que están tristes son consolados. Los que sufren son salvados. El caballero llega y nos rescata, y la vida se justifica de nuevo…

Pero todavía así necesitas mentir y engañar, porque a estas alturas las circunstancias son distintas. ¿Quién no tuvo nunca ganas de abandonar todo e irse en busca de un sueño? El sueño siempre es arriesgado, existe un precio que hay que pagar, y ese precio es la condena por apedreamiento en ciertos países, y en otros puede ser el ostracismo social o la indiferencia. Pero siempre existe un precio por pagar. Aunque sigas mintiendo y las personas finjan que siguen creyendo y, en secreto, sientan envidia, hagan comentarios a tus espaldas, diciendo que eres de lo peor, que eres de lo más amenazante. No eres un hombre adúltero, lo que se tolera y muchas veces se admira, sino una *mujer* adúltera, que está durmiendo con otro, engañando a su marido, a su pobre marido, siempre tan comprensivo y amoroso…

Pero sólo tú sabes que ese marido fue incapaz de mantener apartada la soledad. Porque faltaba algo que tú misma no sabes explicar, pues lo amas y no quieres perderlo. Pero un caballero fulgurante con la promesa de aventuras en tierras distantes es mucho más fuerte que tu deseo de que todo permanezca como está, aunque en las fiestas las personas te miren y comenten entre sí que mejor sería amarrar una piedra de molino a tu cuello y tirarte al mar, porque eres un pésimo ejemplo.

Y para empeorar las cosas, tu marido aguanta todo en silencio. No reclama ni hace escenas. Entiende que eso va a pasar. Tú también sabes que va a pasar, pero por ahora es más fuerte que tú.

Y así, las cosas se prolongan por un mes, dos meses, un año… Todos aguantando en silencio.

Pero no se trata de pedir permiso. Miras atrás y ves que también pensaste como esas personas que ahora te acusan. También condenaste a los que sabías que eran adúlteros y pensaste que, si vivieran en otro lugar, el castigo sería la muerte a pedradas. Hasta el día en que te sucede a ti. Entonces, produces un millón de justificaciones para tu comportamiento, diciendo que tienes derecho a ser feliz, aunque sea por poco tiempo, porque los caballeros que matan dragones sólo existen en los cuentos infantiles. Los verdaderos dragones no mueren nunca, pero incluso así tienes el derecho y la obligación de vivir un cuento de hadas adulto por lo menos una vez en tu vida.

Entonces llega el momento que intentabas evitar a toda costa, que fue postergado por tanto tiempo: el momento de tomar la decisión de seguir juntos o separarse para siempre.

Pero junto con ese momento llega el miedo a equivocarte, sea cual sea la decisión que tomes. Y ruegas porque alguien decida por ti, que te expulsen de la casa o de la cama, pues es imposible seguir así. Finalmente ya no somos una persona, somos dos, o muchas, completamente distintas unas de otras. Y, como nunca has pasado por eso, no sabes adónde vas a ir a dar. El hecho es que ahora estás ante esta situación que hará sufrir a una persona, o a dos, o a todas…

…Pero, sobre todo, te destruirá a ti, sea cual sea tu decisión.

EL TRÁFICO está completamente parado. ¡Justo hoy!

Ginebra, con menos de doscientos mil habitantes, se comporta como si fuera el centro del mundo. Y hay personas que lo piensan y vienen aquí desde sus países para tener lo que llaman "reuniones de cúpula". Esos encuentros suelen suceder en los alrededores y el tráfico rara vez resulta afectado. Como máximo, vemos algunos helicópteros sobrevolando la ciudad.

No sé qué hubo hoy, pero cerraron una de nuestras avenidas principales. Leí los periódicos del día, pero no las editoriales de la ciudad, que sólo traen noticias locales. Sé que las grandes potencias mundiales enviaron a sus representantes para discutir, en territorio neutral, la amenaza de la proliferación de armas nucleares. ¿Y en qué afecta eso mi vida?

En mucho. Corro el riesgo de llegar tarde a mi cita. Debía haber usado el transporte público en vez de este auto idiota.

Todos los años se gastan en Europa aproximadamente setenta y cuatro millones de francos suizos (más de ochenta millones de dólares) en la contratación de detectives particulares cuya especialidad es seguir, fotografiar y dar a las personas pruebas de que están siendo traicionadas por su cónyuge. Mientras el resto del continente está en crisis y las empresas están quebrando y despidiendo a sus empleados, el mercado de la infidelidad vive un gran crecimiento.

Y no son sólo los detectives los que lucran. Los técnicos de la informática desarrollaron aplicaciones para teléfonos, como el "SOS Alibi". Su funcionamiento es muy simple: a una hora determinada envía a tu pareja un mensaje de amor directamente desde tu oficina. Así, mientras tú estás entre las sábanas, bebiendo copas de champaña, un mensaje llega al celular de tu pareja, avisándole que saldrás más tarde del trabajo debido a una reunión inesperada. Otra aplicación, *Excuse Machine*, ofrece una serie de disculpas en francés, alemán e italiano, y tú puedes elegir la más conveniente para ese día.

Entretanto, además de los detectives y los técnicos en informática, quienes salen ganando también son los hoteles. Como uno de cada siete suizos tiene un asunto extraconyugal (según las estadísticas oficiales), y considerando el número de personas casadas en el país, estamos hablando de cuatrocientos cincuenta mil individuos en busca de una habitación discreta donde puedan encontrarse. Para atraer a la clientela, el gerente de un hotel de lujo declaró cierta vez: "Tenemos un sistema que permite que el cargo en la tarjeta de crédito aparezca como un almuerzo en nuestro restaurante". El establecimiento se convirtió en el favorito de quienes pueden pagar seiscientos francos suizos por una tarde. Es justamente ahí adonde me dirijo.

Después de media hora de estrés, logro dejar el auto con el *valet parking* y subo corriendo a la habitación. Gracias al servicio de mensajes electrónicos, sé exactamente dónde debo ir sin necesitar preguntar nada en la recepción.

Del café en la frontera con Francia al lugar donde estoy ahora no fue necesario nada más: explicaciones, juramentos de amor, ni siquiera otro encuentro, para que tuviéramos la certeza de que era eso lo que queríamos. Ambos teníamos miedo de pensarlo mucho y desistir, así que la decisión fue tomada sin muchas preguntas ni respuestas.

YA NO es otoño. Otra vez es primavera, volví a tener dieciséis años; él tiene quince. Misteriosamente recuperé la virginidad del alma (toda vez que la del cuerpo está perdida para siempre). Nos besamos. Dios mío, ya había olvidado lo que era eso, pienso. Estaba viviendo sólo en busca de lo que quería, o de cómo hacerlo, de cuándo parar, y adoptando la misma actitud de mi marido. Todo estaba equivocado. Uno ya no se entregaba por completo al otro.

Tal vez él se detenga ahora. Nunca fuimos más allá de los besos. Eran largos y deliciosos, intercambiados en un rincón escondido de la escuela. Pero tenía ganas de que todos nos vieran y me envidiaran.

Él no se detiene. Su lengua tiene un gusto amargo, una mezcla de cigarro y vodka. Estoy avergonzada y tensa. ¡Debo fumar un cigarrillo y beber un vodka para que estemos en igualdad de condiciones!, pienso. Lo empujo con suavidad, voy al minibar y me tomo una pequeña botella de ginebra de un solo trago. El alcohol quema mi garganta. Pido un cigarrillo.

Él me lo da, no sin antes recordarme que está prohibido fumar en el cuarto. ¡Qué placer transgredir todo, incluso reglas estúpidas como ésa! Doy una chupada y me siento mal. No sé si es por causa de la ginebra o del cigarrillo, pero sin dudarlo voy al baño y me inclino sobre la taza sanitaria. Él viene detrás de mí, me toma por detrás, besa mi nuca y mis orejas, pega su cuerpo al mío y siento su erección en mis nalgas.

¿Dónde están mis principios morales? ¿Cómo quedará mi mente después de salir de aquí y retomar mi vida normal?

Él me jala de vuelta al cuarto. Giro y vuelvo a besar su

boca y su lengua con sabor a tabaco, saliva y vodka. Muerdo sus labios y él toca mis senos por primera vez en la vida. Me quita el vestido y lo arroja a un rincón. Por una fracción de segundo, siento un poco de vergüenza de mi cuerpo, pues ya no soy la chica de aquella primavera en la escuela. Estamos ahí, de pie. Las cortinas están abiertas y el lago Léman sirve de barrera natural entre nosotros y las personas que están en las construcciones en el margen opuesto.

En mi imaginación, prefiero creer que alguien nos mira y eso me excita todavía más, más incluso que sus besos en mis senos. Soy la vagabunda, la prostituta que un ejecutivo contrató para coger en un hotel, capaz de hacer cualquier cosa.

Pero la sensación no dura mucho. Otra vez vuelvo a tener dieyséis años, cuando me masturbaba varias veces al día pensando en él. Atraigo su cabeza contra mi pecho y le pido que muerda mi pezón, con fuerza, y grito un poco de dolor y de placer.

Él sigue vestido, y yo estoy completamente desnuda. Empujo su cabeza hacia abajo y le pido que lama mi sexo. Pero en este momento él me arroja sobre la cama, se quita la ropa y se pone encima de mí. Sus manos buscan algo en la mesa de noche. Eso nos hace perder el equilibrio y caemos al suelo. Cosa de principiantes; sí, somos principiantes y eso no nos da vergüenza.

Él encuentra lo que estaba buscando: un preservativo. Me pide que se lo ponga usando la boca. Lo hago, de manera inexperta y sin gracia. No entiendo la necesidad de usarlo. No creo que él piense que estoy enferma o que ando por ahí acostándome con todo el mundo. Pero respeto su deseo. Siento el sabor desagradable del lubricante que cubre el látex, pero estoy decidida a aprender a hacerlo. No dejo transparentar que es la primera vez en la vida que estoy utilizando uno de ésos.

Cuando termino, él me voltea de espaldas y me pide que me apoye en la cama. ¡Dios mío, está sucediendo! Y soy una mujer feliz por eso, pienso.

Sin embargo, en vez de penetrar mi sexo, comienza a poseerme por detrás. Eso me asusta. Le pregunto qué está haciendo, pero él no responde, sólo toma otra cosa de la mesa de noche y la pasa por mi ano. Entiendo que es vaselina o algo semejante. Enseguida, me pide que me masturbe y va entrando muy lentamente.

Sigo sus instrucciones y de nuevo me siento una adolescente para quien el sexo es un tabú, y duele. Ay Dios mío, duele mucho. No logro masturbarme, sólo agarro las sábanas y me muerdo los labios para no gritar de dolor.

—Di que te está doliendo. Di que nunca hiciste esto. Grita —ordena él.

Obedezco otra vez. Casi todo es verdad; ya hice eso unas cuatro o cinco veces, y jamás me gustó.

Sus movimientos van aumentando de intensidad. Él gime de placer. Yo, de dolor. Él me agarra por los cabellos como si yo fuera un animal, una yegua, y la velocidad del galope aumenta. Sale de mi interior y, de una sola vez, se arranca el preservativo, me voltea y se viene en mi cara.

Procura contener los gemidos, pero son más fuertes que su autocontrol. Poco a poco se va acostando sobre mí. Estoy asustada y al mismo tiempo fascinada con todo eso. Él va al baño, tira el preservativo a la basura y regresa.

Se acuesta a mi lado, enciende otro cigarrillo, usa el vaso de vodka como cenicero, apoyado sobre mi abdomen. Pasamos mucho tiempo mirando al techo, sin decir nada. Él me acaricia. Ya no es el hombre violento de algunos minutos antes, sino el joven romántico que, en la escuela, me hablaba de galaxias y de su interés por la astrología.

—No podemos dejar ningún olor.

La frase me trae de vuelta a la realidad de manera brutal. Por lo visto no es su primera vez. Por eso el preservativo y las providencias prácticas para que todo siga como era antes de que entráramos a esta habitación. Silenciosamente lo insulto y lo odio, pero disimulo con una sonrisa y le pregunto si tiene algún truco para eliminar los olores.

Dice que basta con que tome un baño cuando llegue a casa, antes de abrazar a mi marido. También me aconseja que me deshaga de mis pantaletas, porque la vaselina dejará marcas.

—Si él está en casa, entra corriendo y di que te estás muriendo de ganas de ir al baño.

Me siento enojada. Esperé tanto tiempo para comportarme como una tigresa y acabé siendo usada como una yegua. Pero así es la vida: la realidad nunca llega ni de cerca a nuestras fantasías románticas de la adolescencia.

Perfecto, eso haré.

—Me gustaría verte de nuevo.

Listo. Bastó con esa simple frase para transformar de nuevo en paraíso lo que parecía un infierno, un error, un paso en falso. Sí, a mí también me gustaría verte de nuevo. Estaba nerviosa y tímida, pero la próxima vez será mejor.

—En realidad fue increíble.

Sí, fue increíble, pero es sólo ahora que lo percibo. Sabemos que esta historia está condenada a su fin, pero eso no importa ahora.

Ya no voy a decir nada. Sólo aprovechar este momento a su lado, esperar a que termine su cigarrillo, vestirme y bajar antes que él.

Saldré por la misma puerta por la que entré.

Me subiré al mismo auto y conduciré al mismo lugar adonde vuelvo todas las noches. Entraré corriendo, diciendo que tengo una indigestión y que necesito ir al baño. Tomaré una ducha, eliminando lo poco que él dejó en mí.

Sólo entonces besaré a mi marido y a mis hijos.

NO ÉRAMOS dos personas con las mismas intenciones en ese cuarto de hotel.

Yo estaba detrás de un romance perdido; él estaba movido por el instinto del cazador.

Yo buscaba al muchacho de mi adolescencia; él quería a la mujer atractiva y atrevida que fue a entrevistarlo antes de las elecciones.

Yo creí que mi vida podría tener otro sentido; él sólo pensó que la tarde le traería algo diferente a las aburridas e interminables discusiones en el Consejo de Estado.

Para él fue una simple distracción, si bien peligrosa. Para mí fue algo imperdonable, cruel, una demostración de narcisismo mezclado con egoísmo.

Los hombres traicionan porque está en su sistema genético. La mujer lo hace porque no tiene dignidad suficiente, y además de entregar su cuerpo acaba siempre entregando un poco de su corazón. Un verdadero crimen. Un robo. Peor que asaltar un banco, porque, si algún día la descubren (y siempre lo hacen), causará daños irreparables a su familia.

Para los hombres apenas es un "estúpido error". Para las mujeres es un asesinato espiritual de todos aquellos que la rodean de cariño y que la apoyan como madre y esposa.

Así como estoy acostada al lado de mi marido, imagino a Jacob acostado al lado de Marianne. Él tiene otras preocupaciones en la cabeza: los encuentros políticos de mañana, las tareas por cumplir, la agenda llena de compromisos. Mientras que yo, la idiota, estoy contemplando al techo y recordando cada segundo que pasé en aquel hotel, mirando y volviendo a mirar sin parar la misma película porno de la cual fui protagonista.

Recuerdo el momento en que miré por la ventana y deseé

que alguien estuviera observándolo todo con unos binoculares, y posiblemente masturbándose al verme sumisa, humillada, siendo penetrada por detrás. ¡Cómo me excitó esa idea! Me puso loca y me hizo descubrir un lado propio que desconocía por completo.

Tengo treinta y tentos años. No soy una niña y pensé que ya no había más novedades al respecto. Pero las hay. Soy un misterio para mí misma, abrí ciertas compuertas y quiero ir más lejos, experimentar todo lo que sé que existe: masoquismo, sexo grupal, fetiches, todo.

Y no logro decir: no quiero más, no lo amo, todo fue una fantasía creada por mi soledad.

Tal vez de hecho no lo ame. Pero amo lo que despertó en mí. Me trató sin ningún respeto, me dejó sin dignidad, no se intimidó e hizo exactamente lo que quería, mientras yo procuraba, una vez más, intentar agradar a alguien.

Mi mente viaja hasta un lugar secreto y desconocido. Esta vez soy la dominadora. Puedo volver a verlo desnudo, pero ahora soy yo quien da las órdenes; amarro sus manos y sus pies, me siento en su cara y lo obligo a que bese mi sexo hasta no aguantar más tantos orgasmos. Enseguida, lo vuelvo de espaldas y lo penetro con mis dedos: primero uno, después dos, tres. Él gime de dolor y de placer, mientras yo lo masturbo con la mano libre, sintiendo el líquido caliente escurrir por mis dedos, que me llevo a la boca y lamo, uno por uno, para después frotarlos en su cara. Él pide más. Digo que ya basta. ¡Quien decide soy yo!

Antes de dormir, me masturbo y tengo dos orgasmos seguidos.

LA MISMA escena de siempre: mi marido lee las noticias del día en su iPad; los niños ya están listos para la escuela; el sol entra por la ventana; yo finjo estar preocupada por algo, cuando en realidad estoy muriendo de miedo de que alguien sospeche algo.

—Pareces más feliz hoy.

Lo parezco y lo estoy, pero no debería. La experiencia que tuve ayer fue un riesgo para todo el mundo, principalmente para mí. ¿Existirá alguna sospecha implícita en ese comentario? Lo dudo. Él cree todo lo que yo le digo. No porque sea idiota —nada más lejos de esto—, sino porque confía en mí.

Y eso sólo me irrita más. No soy confiable.

O mejor, sí lo soy. Fui llevada a ese hotel por circunstancias que desconozco. ¿Es una buena disculpa? No. Es pésima, porque nadie me obligó a ir ahí. Siempre puedo alegar que me sentía sola, que no recibía la atención que necesitaba; sólo comprensión y tolerancia. Puedo decirme a mí misma que necesito ser más desafiada, confrontada y cuestionada sobre lo que hago. Puedo alegar que eso le pasa a todo el mundo, aunque sea sólo en sueños.

Pero, en el fondo, lo que ocurrió fue muy simple: me fui a la cama con un hombre porque estaba loca por hacerlo. Nada más. Ninguna justificación intelectual ni psicológica. Quería coger. Punto final.

Conozco personas que se casaron por seguridad, por estatus, por dinero. El amor era lo último en su lista. Sin embargo, yo me casé por amor.

Entonces, ¿por qué hice lo que hice?

Porque me siento sola. ¿Y por qué?

—Es muy bueno verte feliz —dice él.

Le respondo que sí, que estoy realmente feliz. La mañana de otoño es hermosa; la casa está arreglada; y estoy con el hombre que amo.

Él se levanta y me besa. Los niños sonríen, incluso sin entender bien nuestra conversación.

—También estoy con la mujer que amo. Pero, ¿por qué eso ahora?

¿Y por qué no?

—Es de mañana. Quiero que me digas eso otra vez hoy en la noche, cuando estemos juntos en la cama.

¡Mi Dios!, ¿quién soy? ¿Por qué estoy diciendo esas cosas? ¿Para que él no sospeche nada? ¿Por qué no me comporto como todas las mañanas: una esposa eficiente cuidando del bienestar de su familia? ¿Qué demostraciones de afecto son ésas? Si comienzo a ser muy cariñosa, tal vez levante sospechas.

—No podría vivir sin ti —dice él, al volver a su sitio en la mesa.

Estoy perdida. Pero, curiosamente, no me siento ni un poco culpable por lo que ocurrió ayer.

CUANDO llego al trabajo, el redactor en jefe me elogia. La nota que sugerí fue publicada esta mañana.

—Llegaron muchos correos electrónicos a la redacción, elogiando la historia del cubano misterioso. Las personas quieren saber quién es. Si él nos permite divulgar su dirección, tendrá trabajo por un buen tiempo.

¡El chamán cubano! Si lee el periódico, verá que no me dijo nada de lo publicado. Todo lo saqué de *blogs* sobre el chamanismo. Por lo visto, mis crisis no se limitan a problemas matrimoniales: estoy comenzando a dejar de ser una buena profesional.

Le describo al redactor en jefe el momento en que el cubano me miró a los ojos y me amenazó si revelaba quién era. Él dice que debo creer en ese tipo de cosas y me pregunta si le puedo dar su dirección a una única persona: su esposa.

—Ella está un poco estresada.

Todo el mundo anda un poco estresado, el chamán incluido. No prometo nada, pero voy a hablar con él.

Pide que le llame *ahora* mismo. Lo hago y la reacción del cubano me sorprende. Me agradece por haber sido honesta y haber mantenido su identidad en secreto. Y elogia mis conocimientos sobre el asunto. Le doy las gracias, hablo de la repercusión de la nota y le pregunto si podemos programar otro encuentro.

—¡Pero si conversamos durante dos horas! ¡El material que tienes debe ser más que suficiente!

El periodismo no funciona así, le explico. De lo que fue publicado, muy poco fue extraído de esas dos horas. Me vi obligada a investigar la mayor parte. Ahora preciso abordar el asunto de distinta manera.

Mi jefe sigue a mi lado, escuchando mi parte de la conversación y gesticulando. Finalmente, cuando el cubano está casi decidido a colgar, insisto en que faltaron muchas cosas en el artículo. Necesito explorar más el papel de la mujer en esa búsqueda "espiritual" y que a la esposa de mi patrón le gustaría verlo. Él ríe. Nunca voy a romper el acuerdo que hice con él, pero insisto en que todos saben dónde vive y qué días atiende.

Por favor, acepta o rehúsate. Si no quieres llevar adelante la conversación, encontraré a otra persona. No falta gente que se diga especialista en tratar pacientes al borde de un ataque de nervios. La única diferencia es su método, pero no es el único curandero espiritual que existe en la ciudad. Muchos otros nos buscaron esta mañana, la mayor parte africanos, en busca de dar visibilidad a su trabajo, ganar dinero y conocer a personas importantes que los protejan en caso de un posible proceso de expatriación.

El cubano se resiste por algún tiempo, pero su vanidad y el miedo a la competencia finalmente hablan más alto. Programamos un encuentro en su casa, en Veyrier. Estoy impaciente por ver cómo vive. Le dará más gracia a la nota.

Estamos en la pequeña sala transformada en consultorio en su casa, en la aldea de Veyrier. En la pared hay algunos diagramas que parecen importados de la cultura india: la posición de los centros energéticos y la planta de los pies con sus meridianos. Encima de un mueble hay algunos cristales.

Ya tuvimos una conversación interesantísima sobre el papel de la mujer en los rituales chamánicos. Él me explica que, al nacimiento, todos tenemos momentos de revelación, y eso es todavía más común en las mujeres. Como cualquier estudioso puede notar, las diosas de la agricultura siempre eran femeninas, y las hierbas medicinales fueron introducidas en las tribus que habitaban las cavernas por las manos de las mujeres. Ellas son mucho más sensibles al mundo espiritual y emocional, y eso las vuelve propensas a crisis que los antiguos médicos llamaban "histeria" y hoy son conocidas como "bipolaridad", la tendencia de pasar de la euforia absoluta a la tristeza profunda varias veces al día. Para el cubano, los espíritus están mucho más inclinados a hablar con las mujeres que con los hombres, porque ellas entienden mejor la lengua que no se expresa con palabras.

Intento usar lo que creo es su lenguaje: ¿Será por causa de la sensibilidad exagerada que no hay posibilidad de que, digamos, un espíritu maligno nos impela a hacer cosas que no queremos?

Él no entiende mi pregunta. La reformulo. Si las mujeres son tan inestables al grado de pasar de la alegría a la tristeza…

—¿Usé la palabra inestable? No fue así. Muy por el contrario. A pesar de la sensibilidad extremadamente aguzada, ellas son más perseverantes que los hombres.

Como en el amor, por ejemplo. Él está de acuerdo. Con todo lo que me pasó, estallo en llanto. Él permanece impasible. Pero su corazón no es de piedra.

—Cuando se trata de adulterio, meditar ayuda poco o nada. En ese caso, la persona está feliz con lo que está ocurriendo. Al mismo tiempo que mantiene la seguridad, vive la aventura. Es la situación ideal.

¿Qué lleva a las personas a cometer adulterio?

—Esa no es mi área. Tengo una visión muy personal del tema, pero no debe ser publicada.

Por favor, ayúdame.

Él enciende un incienso, me pide que me siente frente a él con las piernas cruzadas y se acomoda en la misma posición. El hombre rígido ahora parece un sabio bondadoso, intentando ayudarme.

—Si las personas casadas deciden, por cualquier motivo, buscar un tercer compañero, eso no necesariamente quiere decir que la relación vaya mal. Tampoco creo que la principal motivación sea el sexo. Tiene que ver más con el aburrimiento, con la falta de pasión por la vida, con la escasez de retos. Es una conjunción de factores.

¿Y por qué ocurre eso?

—Porque, desde que nos apartamos de Dios, vivimos una existencia fragmentada. Intentamos encontrar la unidad, pero no sabemos el camino de regreso; entonces estamos en un estado de insatisfacción constante. La sociedad prohíbe y crea leyes, pero eso no resuelve el problema.

Me estoy sintiendo ligera, como si hubiera adquirido un tipo diferente de percepción. Puedo ver en sus ojos: él sabe lo que está diciendo porque ya pasó por eso.

—Conocí a un hombre que, siempre que se encontraba con su amante, se volvía impotente. Incluso así, adoraba estar al lado de ella, que también se sentía bien junto a él.

No me controlo. Le pregunto si ese hombre es él.

—Sí. Mi mujer me dejó por eso. Lo que no es motivo para una decisión tan radical.

¿Y cómo reaccionaste?

—Yo podría invocar la ayuda espiritual, pero pagaría por eso en mi próxima vida. Sin embargo, necesitaba entender por qué ella había actuado así. Para resistir la tentación de traerla de vuelta usando mis conocimientos de magia, comencé a estudiar el asunto.

Un poco a regañadientes, el cubano asume un aire profesional.

—Investigadores de la Universidad de Texas, en Austin, intentaron responder a la pregunta que mucha gente se hace: ¿por qué los hombres traicionan más que las mujeres, incluso sabiendo que esa conducta es autodestructiva y hará sufrir a las personas que aman? La conclusión fue que hombres y mujeres sienten exactamente el mismo deseo de traicionar a su pareja. Sucede que la mujer tiene más autocontrol.

Él mira su reloj. Le pido que por favor continúe y me doy cuenta de que tal vez él esté contento de poder abrir su alma.

—Encuentros breves, con el único objetivo de satisfacer el instinto sexual y sin ningún involucramiento emocional por parte del hombre, hicieron posible la preservación y la proliferación de la especie. Las mujeres inteligentes no deberían culpar a los hombres por eso. Ellos intentan resistir, pero son biológicamente propensos a actuar así. ¿Estoy siendo demasiado técnico?

No.

—¿Te has dado cuenta de que el ser humano tiene más temor a las arañas y a las cobras que a los automóviles, aunque las muertes por accidentes de tránsito sean mucho más frecuentes? Eso ocurre porque nuestra mente sigue en el tiempo de las cavernas, cuando las víboras y las arañas eran letales. Lo mismo ocurre con la necesidad que siente el hombre de tener muchas mujeres. En aquellos tiempos él se iba de cacería, y la naturaleza le enseñó: la preservación de la especie es prioridad; necesitas embarazar al máximo de mujeres posible.

¿Y las mujeres lo pensaban en preservar la especie?

—Claro que lo pensaban. Pero mientras que para el hombre ese compromiso con la especie dura como máximo once minutos, para la mujer cada hijo significa por lo menos nueve meses de gestación. Además de tener que cuidar de la cría, alimentarla y protegerla de los peligros, de las arañas y de las serpientes. Entonces su instinto se fue desarrollando de otra forma. El afecto y el autocontrol se volvieron más importantes.

Está hablando de sí mismo. Intenta justificar lo que hizo. Miro a mi alrededor y veo esos mapas indios, los cristales, los inciensos. En el fondo, todos somos iguales. Cometemos los mismos errores y seguimos sin respuesta para las mismas preguntas.

El cubano mira el reloj otra vez y dice que nuestro tiempo terminó. Otro cliente va a llegar y él procura evitar que sus pacientes se crucen en la sala de espera. Se levanta y me conduce a la puerta.

—No quiero ser grosero pero, por favor, no me busques más. Ya te dije todo lo que te tenía que decir.

ESTÁ EN la Biblia:

Cierta noche, David se levantó de la cama para pasear por la terraza de su casa. Entonces vio a una mujer bañándose, y ella era hermosa. David mandó preguntar quién era.

Y le respondieron que era Betsabé, casada con Urías. Entonces David envió a sus hombres y ellos la trajeron. Se acostaron juntos y ella volvió a casa. Después le mandó un recado a David: estoy embarazada.

Entonces David ordenó que Urías, un guerrero que le era fiel, fuera enviado al frente de batalla en una peligrosa misión. Él murió y Betsabé se fue a vivir con el rey a su palacio.

David, el gran ejemplo, ídolo de generaciones, el guerrero temerario, no sólo cometió adulterio, sino que mandó asesinar a su rival, valiéndose de su lealtad y su buena voluntad.

No necesito justificaciones bíblicas para los adulterios ni para los asesinatos. Pero recuerdo esa historia de los tiempos de escuela, la misma escuela donde Jacob y yo nos besábamos en primavera.

Esos besos tuvieron que esperar muchos años para repetirse y, cuando por fin sucedieron, todo fue exactamente como yo *no* imaginaba. Pareció sórdido, egoísta, siniestro. Y aún así lo adoré y quise que ocurriera de nuevo, lo más rápido posible. En quince días Jacob y yo nos hemos encontrado cuatro veces. El nerviosismo desapareció poco a poco. Tuvimos relaciones normales y otras no convencionales. Todavía no he podido realizar mi fantasía de amarrarlo y hacer que bese mi sexo hasta no aguantar más el placer, pero estoy en camino.

POCO a poco, Marianne va perdiendo importancia en mi historia. Estuve de nuevo con su marido ayer y eso demuestra cuan insignificante y ausente es ella en todo esto. Ya no quiero que Madame König lo descubra ni que piense en divorciarse, porque así tendré el placer de un amante, sin tener que renunciar a todo lo que conquisté con esfuerzo y controlando mis sentimientos: mis hijos, mi marido, mi trabajo y esta casa.

¿Qué haré con la cocaína que está guardada aquí y que puede ser encontrada en cualquier momento? Gasté mucho dinero en eso. No puedo intentar revenderla. Sería un paso en dirección a la cárcel de Vandoeuvres. Juré ya no usarla más. Puedo dársela de regalo a personas a las que sé que les gusta, pero mi reputación resultaría afectada o, lo que es peor, ellas podrían preguntar si puedo conseguirles más.

Realizar el sueño de estar en la cama con Jacob me llevó a las alturas y después me trajo de vuelta a la realidad. Descubrí que, aunque creí que era amor, lo que siento no pasa de ser una pasión, predestinada a terminar en cualquier momento. Y no tengo la menor intención de mantenerla: ya obtuve la aventura, el placer de la transgresión, las nuevas experiencias sexuales, la alegría. Y todo sin sentir una pizca de remordimiento. Me estoy dando un regalo que merezco después de tantos años de buena conducta.

Estoy en paz conmigo. O, mejor, lo estaba hasta hoy.

Después de tantos días durmiendo bien, siento que el dragón volvió a subir por el abismo al que había sido arrojado.

SOY YO el problema o es porque se aproxima la Navidad? Ésta es la época del año que me deprime más. Y no me estoy refiriendo a un desorden hormonal o a la ausencia de ciertos componentes químicos en el organismo. Estoy contenta de que en Ginebra la cosa no sea tan escandalosa como en otros países. Una vez pasé las fiestas de fin de año en Nueva York. Por todas partes había luces, adornos, coros callejeros, árboles con esferas de todos los colores y tamaños, sonrisas pegadas en los rostros… Y yo con esa certeza absoluta de que soy una aberración, la única que se siente completamente extraña. Aunque nunca haya tomado LSD, imagino que necesitaría una dosis triple para ver todos esos colores.

Lo máximo que vemos por aquí son algunas insinuaciones en la calle principal, tal vez para los turistas. "¡Compren! ¡Lleven algo de Suiza para sus hijos!" Pero todavía no he pasado por ahí; entonces esta sensación rara no puede ser la Navidad. No hay en los alrededores ningún Santa Claus colgado de una chimenea, recordándonos que debemos ser felices durante todo el mes de diciembre.

Me volteo de un lado para el otro en la cama, como siempre. Mi marido duerme, como siempre. Hicimos el amor. Esto ha sido más frecuente, no sé si para disimular o porque mi libido ha despertado. El hecho es que sexualmente estoy más entusiasmada con él. No hace preguntas cuando llego tarde, ni tampoco demuestra sentir celos. Salvo por aquella primera vez, cuando tuve que ir directamente al baño, siguiendo las instrucciones para eliminar rastros de olores y ropas manchadas. Ahora siempre llevo una pantaleta extra, me baño en el hotel y entro en el elevador con el maquillaje impecable. Ya no muestro tensión ni levanto sospechas. Dos veces me encontré con conocidos, pero procuré saludarlos y dejar la duda en el aire: "¿Estará viéndose con alguien?" Le hace bien al ego y es absolutamente seguro. Finalmente, si están en el elevador de un hotel a pesar de vivir en la ciudad, son tan culpables como yo.

Me duermo y vuelvo a despertar pocos minutos después. Víctor Frankenstein creó a su monstruo; el Dr. Jekyll permitió que Mr. Hyde aflorara. Eso todavía no me asusta, pero tal vez necesite establecer desde ahora algunas reglas de conducta.

Tengo un lado honesto, gentil, cariñoso, profesional, capaz de reaccionar con frialdad en momentos complicados, sobre todo durante las entrevistas, cuando algunos de los personajes se muestran agresivos o intentan escapar a mis preguntas.

Pero estoy descubriendo un lado más espontáneo, salvaje, impaciente, que no se limita al cuarto de hotel donde me encuentro con Jacob y comienza a afectar mi rutina. Me irrito con más facilidad cuando el vendedor se queda conversando con el cliente aunque haya fila. Voy al supermercado por obligación y ya dejé de mirar los precios y las fechas de caducidad. Cuando alguien me dice algo con lo que no estoy de acuerdo, procuro responder. Discuto de política. Defiendo las películas que todos detestan y critico las que todos aman. Adoro sorprender a las personas con opiniones absurdas y fuera de lugar. En fin, dejé de ser la mujer discreta que siempre fui.

Las personas ya comenzaron a notarlo: "¡Estás distinta!", comentan. Eso es un paso hacia "estás ocultando algo", que luego se convierte en "si necesitas esconderte, es porque estás haciendo algo que no deberías".

Puede ser sólo paranoia, claro. Pero hoy me siento dos personas distintas.

Todo lo que David tenía que hacer era ordenar que sus hombres le llevaran a esa mujer. No tenía que dar explicaciones a nadie. Sin embargo, cuando el problema se presentó, mandó al marido de ella al frente de batalla. Mi caso es diferente. Por más discretos que sean los suizos, hay dos momentos en que no podemos reconocerlos.

El primero es en el tráfico. Si tardamos una fracción de segundo para arrancar el auto después de que el semáforo se pone en verde, inmediatamente empiezan a tocar el claxon. Si cambiamos de carril, aun si ponemos la direccional, siempre vemos una cara hostil en el retrovisor.

El segundo caso es en el peligroso asunto de los cambios, sea de casa, de trabajo o de comportamiento. Aquí todo es estable, todos se comportan de la manera esperada. Por favor, no intentes ser diferente y reinventarte de un momento a otro o estarás amenazando a toda la sociedad. A este país le costó llegar a su estado de "obra terminada"; no queremos volver a estar "en remodelación".

TODA mi familia y yo estamos en el lugar donde William, el hermano de Víctor Frankenstein, fue asesinado. Durante siglos, aquí había un pantano. Después de que Ginebra se volvió una ciudad respetable gracias a las manos implacables de Calvino, los enfermos eran traídos aquí, donde generalmente morían de hambre y de frío, evitando así que la ciudad se contagiara de cualquier epidemia.

Plainpalais es un lugar inmenso, el único punto en el centro de la ciudad donde prácticamente no hay vegetación. En invierno, el viento hace que te duelan los huesos. En verano, el sol nos hace sudar a chorros. Un absurdo. Pero ¿desde cuándo las cosas necesitan de buenas razones para existir?

Es sábado y hay puestos de vendedores de antigüedades esparcidos por todo el espacio. Esta feria se volvió una atracción turística y hasta figura en las guías y las pistas de viaje como un "buen plan". Las piezas del siglo XVI se mezclan con las videocaseteras. Antiguas esculturas en bronce, venidas de la lejana Asia, son expuestas al lado de horribles muebles de los años ochenta del siglo XX. El lugar hierve de gente. Algunos conocedores examinan con paciencia una pieza y conversan por mucho tiempo con los vendedores. La mayoría, turistas y curiosos, encuentra cosas que nunca necesitará, pero que, como son muy baratas, acaba comprando. Vuelven a casa, las usan una vez y enseguida las guardan en el garaje, mientras piensan: No sirve para nada, pero el precio era irrisorio.

Todo el tiempo tengo que controlar a los niños, porque quieren tocar todo, desde preciosos vasos de cristal hasta sofisticados juguetes de principios del siglo XIX. Pero al menos están descubriendo que existe vida inteligente más allá de los juegos electrónicos.

Uno de ellos pregunta si podemos comprar un payaso de metal, con boca y miembros articulados. Mi marido sabe que el interés por el juguete sólo va a durar hasta que lleguemos a casa. Dice que es "viejo" y que podemos comprar algo nuevo en el camino de regreso. En ese momento la atención de los niños se desvía hacia unas cajas con canicas, con las cuales los niños de antes solían jugar en el patio de la casa.

Mis ojos se fijan en un pequeño cuadro: una mujer desnuda, acostada en la cama, y un ángel alejándose. Le pregunto al vendedor cuánto cuesta. Antes de decirme el precio (una bagatela), me explica que es una reproducción, hecha por algún pintor local desconocido. Mi marido observa todo sin decir nada y, antes de que yo pueda agradecer la información y seguir adelante, ya pagó por el cuadro.

¿Por qué lo hizo?

—Representa un mito antiguo. Cuando volvamos a casa te cuento la historia.

Siento una necesidad inmensa de enamorarme de él otra vez. Nunca dejé de amarlo; siempre lo amé y seguiré amándolo, pero nuestra convivencia se convirtió en algo muy cercano a la monotonía. El amor puede resistir eso, pero es fatal para la pasión.

Vivo un momento complicadísimo. Sé que mi relación con Jacob no tiene futuro y que me aparté del hombre con quien construí una vida.

Quien dice que "el amor es suficiente", está mintiendo. No lo es y nunca lo fue. El gran problema es que las personas creen en los libros y en las películas: una pareja que camina de la mano por la playa contempla la puesta de sol y hace el amor apasionadamente todos los días en bellos hoteles con vista a los Alpes. Mi marido y yo ya hicimos todo eso, pero la magia dura sólo uno o dos años como máximo.

Enseguida viene el matrimonio. La elección y la decoración

de la casa, la planeación del cuarto de los niños que vendrán, los besos, los sueños, el brindis con champaña en la sala vacía que pronto estará exactamente como la imaginamos: cada cosa en su lugar. Dos años después ya nació el primer hijo, la casa ya no tiene espacio para nada. Y si le agregamos algo, corremos el riesgo de parecer que vivimos para impresionar a los demás y que nos pasamos la vida comprando y limpiando antigüedades (que más tarde serán vendidas por una bagatela por sus herederos y acabarán en la feria de Plainpalais).

Después de tres años de matrimonio, uno ya sabe exactamente lo que el otro quiere y piensa. Durante las fiestas y las cenas nos vemos obligados a escuchar las mismas historias que ya escuchamos varias veces, siempre fingiendo sorpresa y, de vez en cuando, siendo forzados a confirmarlas. El sexo pasa de la pasión a la obligación y por eso se va haciendo cada vez más espaciado. En poco tiempo ocurre sólo una vez por semana, si es que ocurre. Las mujeres se reúnen y hablan del fuego insaciable de sus maridos, lo que no pasa de ser una deslavada mentira. Todas lo saben, pero ninguna quiere quedarse atrás.

Entonces llega la hora de los asuntos extraconyugales. Las mujeres comentan —¡sí, comentan!— sobre sus amantes y su fuego insaciable. Ahí ya existe una parte de verdad, porque la mayoría de las veces sucede en el mundo encantado de la masturbación, tan real como el mundo de las que se atreven a arriesgarse y se dejan seducir por el primero que aparece, independientemente de sus cualidades. Compran ropa cara y fingen recato, aunque exhiban más sensualidad que una niña de dieciséis años, con la diferencia de que la niña sabe el poder que tiene.

Por fin, llega el momento de resignarse. El marido pasa muchas horas fuera de casa, envuelto en su trabajo, y la mujer dedica más tiempo del necesario en cuidar a los hijos. Estamos en esa fase y estoy dispuesta a hacer todo para cambiar la situación.

Sólo el amor no basta. Necesito apasionarme por mi marido.

El amor no es solamente un sentimiento; es un arte. Y, como cualquier arte, no basta con la inspiración; también se necesita mucho trabajo.

¿Por qué el ángel se está apartando, dejando a la mujer sola en el lecho?

—No es un ángel. Es Eros, el dios griego del amor. La moza que está en la cama con él es Psique.

Abro una botella de vino y sirvo nuestras copas. Él coloca el cuadro encima de la chimenea apagada, una pieza de decoración en casas que cuentan con calefacción central. Entonces comienza:

—Érase una vez una linda princesa, admirada por todos, pero a quien nadie osaba pedir en matrimonio. Desesperado, el rey consultó al dios Apolo. Él le dijo que Psique debía ser dejada sola, vestida de luto, en lo alto de una montaña. Antes de que el día rayara, una serpiente vendría a su encuentro para desposarla. El rey obedeció. La princesa esperó toda la noche, muriendo de miedo y de frío, la llegada de su marido. Por fin se adormeció. Al despertar, se vio en un lindo palacio, coronada reina. Todas las noches, su marido venía a su encuentro y hacían el amor. Sin embargo, él le impuso una única condición: Psique podría tener todo lo que deseara, pero debía confiar plenamente en él y jamás podría ver su rostro.

Qué horrible, pienso, pero no me atrevo a interrumpirlo.

—La moza vivió feliz por mucho tiempo. Tenía comodidades, cariño, alegría y estaba enamorada del hombre que la visitaba todas las noches. Sin embargo, a veces tenía miedo de estar casada con una horrorosa serpiente. Cierta madrugada, mientras el marido dormía, ella encendió una linterna. Entonces vio a Eros acostado a su lado, un hombre de increíble belleza. La luz lo despertó. Al ver que la mujer que amaba no era capaz de cumplir su único deseo, Eros desapareció. Desesperada por tener a su amor de vuelta, Psique se sometió a una serie de tareas que le impuso Afrodita, la madre de Eros. No es preciso decir que la suegra moría de celos por la belleza de la nuera e hizo todo para estorbar la reconciliación de la pareja. En una de esas tareas, Psique acabó abriendo una caja que la hizo caer en un sueño profundo.

Comienzo a ponerme nerviosa por saber cómo va a acabar la historia.

—Eros también estaba enamorado y se había arrepentido de no haber sido más tolerante con su mujer. Consiguió entrar al castillo y despertar a Psique con la punta de su flecha. "Casi moriste por causa de tu curiosidad", dijo él. "Buscabas encontrar seguridad en el conocimiento y destruiste nuestra relación". Pero en el amor nada se destruye para siempre. Imbuidos de esta certeza, ambos recurrieron a Zeus, el dios de los dioses, implorando que su unión jamás pudiera ser deshecha. Zeus abogó con empeño por la causa de los amantes y usó buenos argumentos y amenazas, hasta conseguir la aceptación de Afrodita. A partir de ese día, Psique (nuestra parte inconsciente pero lógica) y Eros (el amor) quedaron unidos para siempre.

Sirvo otra copa de vino. Apoyo la cabeza en el hombro de mi marido.

—Quien no quiere aceptar eso y siempre busca una explicación para las mágicas y misteriosas relaciones humanas, perderá lo mejor de la vida.

Hoy me siento como Psique en el peñasco, con miedo y con frío. Pero si soy capaz de superar esta noche y entregarme al misterio y a la fe en la vida, despertaré en un palacio. Todo lo que necesito es tiempo.

FINALMENTE llega el gran día en que las dos parejas estarán juntas en una fiesta, una recepción ofrecida por un importante presentador de la televisión local. Hablamos ayer sobre eso en la cama del hotel, mientras Jacob fumaba su cigarrillo de costumbre antes de vestirse y salir.

Yo no podía rechazar la invitación, porque ya había confirmado mi presencia. Él también, y cambiar de idea ahora sería pésimo para mi carrera.

Llego con mi marido a la sede de la emisora y nos informan que la fiesta es en el último piso. Mi teléfono suena antes de que entremos al elevador, lo que me obliga a salir de la fila y a quedarme en el *lobby*, discutiendo con mi jefe, mientras otras personas van llegando, nos sonríen a mí y a mi marido, y asienten discretamente con la cabeza. Por lo visto, conozco a casi todo el mundo.

Mi jefe dice que mis artículos sobre el cubano —el segundo fue publicado ayer, a pesar de haber sido escrito hace más de un mes— están teniendo un gran éxito. Necesito escribir uno más para terminar la serie. Le explico que el cubano ya no quiere hablar conmigo. Él me pide que busque a cualquier otra persona, siempre que sea "del ramo", porque no hay nada menos interesante para eso que las opiniones convencionales (psicólogos, sociólogos, etcétera). No conozco a nadie "del ramo", pero, como necesito colgar, me comprometo a pensar en el asunto.

Jacob y Madame König pasan y nos saludamos con un gesto de cabeza. Mi jefe ya está casi colgando cuando decido continuar la conversación. ¡Dios me libre de subirme al mismo elevador que ellos! ¿Qué tal si ponemos juntos a un pastor de rebaños y a un pastor protestante?, sugiero. ¿No sería interesante grabar su conversación sobre cómo manejan el aburrimiento o el estrés?

El jefe dice que es una excelente idea, pero que lo mejor sería encontrar a alguien "del ramo". Está bien, lo voy a intentar. Las puertas ya se cerraron y el elevador subió. Puedo colgar sin temor.

Le explico a mi jefe que no quiero ser la última en llegar a la recepción. Estoy dos minutos atrasada. Vivimos en Suiza, donde los relojes siempre marcan la hora correcta.

Sí, me he comportado de un modo extraño en los últimos meses, pero hay algo que no cambió: detesto ir a fiestas. Y no puedo entender por qué a las personas les gustan.

Sí, a las personas les gustan. Incluso cuando se trata de algo tan profesional como el coctel de hoy; eso mismo, coctel: nada de fiesta. Ellas se visten, se maquillan, comentan con los amigos, no sin cierto aire de aburrimiento, que desafortunadamente estarán ocupadas el martes debido a la recepción para celebrar los diez años de *Pardonnez-moi*, presentado por el hermoso, inteligente y fotogénico Darius Rochebin. Todo el mundo que "es importante" estará ahí, y los demás tendrán que conformarse con las fotos que serán publicadas en la única revista de celebridades que llega a toda la población de la Suiza francesa.

Ir a fiestas como ésta proporciona estatus y visibilidad. De vez en cuando nuestro periódico cubre eventos de este tipo y, al día siguiente, recibimos telefonemas de secretarios de personas importantes, preguntando si las fotos en las que ellas aparecen serán publicadas, diciendo que quedarían extremadamente agradecidas. Lo mejor después de ser invitada es ver que tu presencia recibió el merecido relieve. Y nada mejor para probar eso que aparecer en el periódico dos días después, con un atuendo hecho especialmente para la ocasión (aunque nunca lo confiesen) y la misma sonrisa de otras fiestas y recepciones. Qué bueno que no soy responsable de la columna social. En mi actual condición de monstruo de Víctor Frankenstein, ya habría sido despedida.

Se abren las puertas del elevador. Hay dos o tres fotógra-

fos en el *lobby*. Nos dirigimos al salón principal, que tiene una
vista de trescientos sesenta grados de la ciudad. Parece que la
nube eterna decidió colaborar con Darius y levantó un poco su
manto ceniciento. Vemos el mar de luces allá abajo.

Le digo a mi marido que no quiero quedarme mucho tiempo.
Y comienzo a hablar compulsivamente para alejar la tensión.

—Nos vamos cuando quieras —responde él, interrumpién-
dome.

En este momento estamos ocupadísimos saludando a una
infinidad de gente que me trata como si fuera una amiga íntima.
Retribuyo de la misma manera, aunque no sepa sus nombres.
Si la conversación se prolonga, tengo un truco infalible: presento a mi marido y no digo nada. Él se presenta y pregunta el
nombre de la otra persona. Escucho la respuesta y repito, en
voz alta y sonora: "¡Mi bien! ¿No te acuerdas de Fulano?"

¡Qué cinismo!

Termino los saludos, vamos a un rincón y reclamo: ¿por
qué las personas tienen esa manía de preguntar si nos acordamos de ellas? No hay nada más incómodo. Todos se sienten lo
bastante importantes para que yo, que conozco gente nueva
todos los días debido a mi profesión, los tenga grabados a hierro y fuego en la memoria.

—Tienes que ser más tolerante. Las personas se están
divirtiendo.

Mi marido no sabe lo que está diciendo. Las personas sólo
están fingiendo que se divierten, pero en realidad buscan visibilidad, atención y, de vez en cuando, encontrarse con alguien para
cerrar un negocio. El destino de esas personas que se creen bellísi-
mas y poderosas al cruzar el tapete rojo está en manos del sujeto
mal pagado de la redacción. El formador, que recibe las fotos por
correo electrónico y decide quién debe o no aparecer en nuestro
pequeño mundo, tradicional y convencional. Es él quien coloca las
imágenes de los que le interesan al periódico, dejando un pequeño

espacio donde entra la famosa foto de un panorama general de la fiesta (o coctel, o cena, o recepción). Ahí, entre las cabezas anónimas de personas que se creen muy importantes, con un poco de suerte, una u otra pueden ser reconocidas.

Darius sube al estrado y comienza a contar sus experiencias con todas las personas importantes que entrevistó durante los diez años de su programa. Logro relajarme un poco y voy hasta una de las ventanas con mi marido. Mi radar interno ya detectó a Jacob y a Marianne König. Quiero distancia e imagino que Jacob también.

—¿Hay algo malo contigo?

Lo sabía. ¿Hoy eres Dr. Jekyll o Mr. Hyde? ¿Víctor Frankenstein o su monstruo?

No, mi amor. Sólo estoy evitando al hombre con quien me fui a la cama ayer. Sospecho que los que están en este salón lo saben todo, que la palabra "amantes" está escrita en nuestras frentes.

Sonrío y le digo que, como ya debe estar cansado de saber, ya no tengo edad para ir a fiestas. Adoraría estar en casa ahora, cuidando de nuestros hijos, en vez de tener que dejarlos al cuidado de una niñera. No soy de beber, me confunde toda esa gente que me saluda y me obliga a conversar, teniendo que fingir interés por sus asuntos y responder con una pregunta para poder, al fin, poner el canapé en mi boca y terminar de masticarlo sin parecer mal educada.

Bajan una pantalla y comienza un videoclip de los principales invitados que han pasado por el programa. Estuve con algunos de ellos en el trabajo, pero la mayoría son extranjeros que viajaron a Ginebra. Como sabemos, siempre hay alguien importante en esta ciudad, e ir al programa es obligatorio.

—Si quieres vámonos, entonces. Ya te vieron. Cumplimos con nuestra obligación social. Alquilemos una película y aprovechemos el resto de la noche juntos.

No. Nos quedaremos un poco más, porque Jacob y Madame

König están aquí. Puede parecer sospechoso salir de la fiesta antes de que termine la ceremonia. Darius comienza a llamar al estrado a algunos de los invitados a su programa, y ellos dan un breve testimonio sobre su experiencia. Casi muero de aburrimiento. Los hombres solos comienzan a mirar a su alrededor, buscando discretamente mujeres solas. A su vez, las mujeres se miran unas a otras: cómo están vestidas, qué maquillaje usan y si están acompañadas de sus maridos o de sus amantes.

Contemplo la ciudad allá afuera, perdida en mi total falta de pensamientos, esperando sólo que pase el tiempo para que podamos salir discretamente sin levantar sospechas.

—¡Tú!

¿Yo?

—¡Mi amor, él te está llamando!

Darius acaba de invitarme al estrado y no lo escuché. Sí, yo ya estuve en su programa, junto con el ex presidente de Suiza, para hablar sobre derechos humanos. Pero no soy tan importante. No me lo esperaba; no había sido planeado y no preparé nada que decir.

Pero Darius hace una señal. Todas las personas me miran sonriendo. Camino hacia él, ya recompuesta y secretamente feliz porque Marianne no fue ni será llamada. Jacob tampoco, porque la idea es que la noche sea agradable, y no repleta de discursos políticos.

Subo al improvisado escenario, en realidad una escalera, que es uno los dos ambientes del salón en lo alto de la torre de televisión, le doy un beso a Darius y comienzo a contar algo poco interesante acerca de cuando fui a su programa. Los hombres siguen cazando y las mujeres continúan mirándose unas a otras. Los más cercanos fingen interés en lo que estoy diciendo. Mantengo los ojos fijos en mi marido; todos los que hablan en público escogen a alguien que les sirva de apoyo.

En medio de mi discurso improvisado, veo algo que no

debería haber sucedido de ninguna manera: Jacob y Marianne König están a su lado. Todo eso ocurrió en menos de dos minutos, tiempo que me tomó llegar al estrado y comenzar el discurso que, a estas alturas, ya debe estar haciendo que los meseros circulen y que la mayor parte de los invitados desvíen los ojos del escenario en busca de algo más atractivo.

Agradezco lo más rápido posible. Los invitados aplauden. Darius me da un beso. Intento ir hasta donde está mi marido con la pareja König, pero me lo impiden personas que me elogian por cosas que no dije; afirman que estuve maravillosa, están encantadas con la serie de notas sobre el chamanismo, sugieren temas, entregan tarjetas de presentación y se ofrecen discretamente como fuentes de algo que puede ser "muy interesante" para mí. Todo eso me toma unos diez minutos. Cuando llego cerca de cumplir mi misión y me aproximo a mi destino, el lugar donde estaba antes de que llegaran los invasores, los tres están sonrientes. Me felicitan, dicen que soy excelente para hablar en público y recibo la sentencia:

—Les expliqué que estás cansada y que nuestros hijos están con la niñera, pero Madame König insiste en que cenemos juntos.

—Eso mismo. Me imagino que aquí nadie ha cenado, ¿no? —dice Marianne.

Jacob tiene una sonrisa artificial pegada en el rostro y está de acuerdo, como un cordero siendo llevado al matadero.

En una fracción de segundo, me pasan doscientas mil disculpas por la mente. Pero, ¿por qué? Tengo una buena cantidad de cocaína lista para ser usada en cualquier momento, y nada mejor que esta "oportunidad" para saber si sigo adelante o no con mi plan.

Además, siento una mórbida curiosidad por ver cómo va a ser esta cena.

Con todo gusto, Madame König.

Marianne escoge el restaurante del Hotel Les Armures, lo que muestra cierta falta de originalidad, porque es ahí donde todos acostumbran llevar a sus visitantes extranjeros. El *fondue* es excelente, los empleados se esfuerzan por hablar todos los idiomas posibles, está ubicado en el corazón de la antigua ciudad… pero para quien vive en Ginebra definitivamente no es ninguna novedad.

Llegamos después que la pareja König. Jacob está afuera, soportando el frío en nombre del vicio del cigarro. Marianne ya entró. Le sugiero a mi marido que también entre y le haga compañía, mientras yo espero que el señor König acabe de fumar. Él dice que sería mejor al contrario, pero yo insisto: no sería de buen tono dejar a dos mujeres solas en la mesa, aunque sea por pocos minutos.

—La invitación también me tomó desprevenido —dice Jacob, en cuanto mi marido entra.

Intento actuar como si no hubiera ningún problema. ¿Te estás sintiendo culpable? ¿Preocupado con un posible fin de tu matrimonio infeliz (con esa bruja hecha de hielo, me gustaría agregar)?

—No es eso. Sucede que…

Somos interrumpidos por la bruja. Con una sonrisa diabólica en los labios, me saluda (¡de nuevo!) con los tres besitos de costumbre y le ordena a su marido que apague el cigarrillo para que entremos ya. Leo entre líneas: sospecho de ustedes dos; deben estar planeando algo, pero vean, soy muy lista, mucho más lista e inteligente de lo que piensan.

Pedimos lo de siempre: *fondue* y *raclette*. Mi marido dice que está cansado de comer queso y elige algo diferente: un salchichón que también forma parte del menú que ofrecemos a las visitas. Y vino, pero Jacob no lo prueba, ni lo gira, ni lo degusta ni hace una señal afirmativa: eso fue sólo una forma idiota de impresionarme el primer día. Mientras esperamos los platillos y conversamos de amenidades, nos acabamos la primera botella, que de inmediato es sustituida por la segunda. Le pido a mi marido que ya no beba, o tendremos que dejar el auto aquí otra vez, y estamos mucho más lejos que la vez anterior.

Llegan los platillos. Abrimos la tercera botella de vino. Las amenidades continúan. Cómo es la rutina de un miembro del Consejo de Estado, felicidades por mis artículos sobre el estrés ("un abordaje bastante poco común"), si es verdad que los precios de los inmuebles van a caer ahora que el secreto bancario está desapareciendo y, con él, los miles de banqueros que ahora se mudan a Singapur o a Dubai, dónde vamos a pasar las fiestas de fin de año.

Espero que el toro salga a la arena. Pero no sale y bajo la guardia. Bebo un poco más de lo que debo; comienzo a sentirme relajada, alegre y, justo en ese momento, se abren las puertas del toril.

—El otro día estaba discutiendo con algunos amigos sobre ese sentimiento idiota llamado celos —dice Marianna König—. ¿Qué piensan ustedes al respecto?

¿Qué pensamos de un asunto sobre el cual nadie conversa en cenas como ésta? La bruja supo elaborar bien la frase. Debe haberse pasado el día entero pensando en eso. Llamó a los celos "sentimiento idiota" con la intención de dejarme más expuesta y vulnerable.

—Crecí presenciando escenas terribles de celos en casa —dice mi marido.

¿Qué? ¿Está hablando de su vida privada? ¿A una extraña?

—Entonces me prometí que nunca en la vida dejaría que eso pasara conmigo si algún día me casaba. Al principio fue difícil, porque nuestro instinto es controlarlo todo, hasta lo incontrolable, como el amor y la fidelidad. Pero lo logré. Y mi mujer, que todos los días se encuentra con personas distintas y a veces llega a casa más tarde que de costumbre, jamás ha escuchado de mi parte una crítica o una insinuación.

Tampoco escuché ese tipo de explicación. No sabía que había crecido en medio de escenas de celos. La bruja consigue hacer que todos obedezcan sus órdenes: vamos a cenar, apaga el cigarro, conversen sobre el tema que yo escogí.

Hay dos razones para lo que mi marido acaba de decir. La primera es que él desconfía de la invitación y está intentando protegerme. La segunda: me está diciendo, frente a todo el mundo, cuán importante soy para él. Extiendo mi mano y toco la suya. Nunca lo imaginé. Creí que simplemente no se interesaba por lo que yo hacía.

—¿Y tú, linda? ¿No sientes celos de tu marido?

¿Yo?

Claro que no. Confío plenamente en él. Creo que los celos son cosa de gente enferma, insegura, sin autoestima, que se siente inferior y que piensa que cualquier persona puede amenazar su relación. ¿Y tú?

Marianne cae en su propia trampa.

—Como dije, creo que es un sentimiento idiota.

Sí, ya lo dijiste. Pero, si descubrieras que tu marido te está traicionando, ¿qué harías?

Jacob se pone pálido. Se controla para no beber de una vez todo el contenido de su copa después de mi pregunta.

—Creo que todos los días él se encuentra con personas inseguras, que deben morir de aburrimiento en su matrimonio y que están destinadas a tener una vida mediocre y repetitiva. Imagino que hay algunas personas así en tu trabajo, que pasaron del cargo de reportero directo a la jubilación…

Muchas, respondo sin emoción alguna en la voz. Me sirvo un poco más de *fondue*. Ella me mira fijamente a los ojos; sé que está hablando de mí, pero no quiero que mi marido sospeche nada. Ella y Jacob no me importan ni un poco; él no debe haber aguantado la presión y lo confesó todo.

Me sorprende mi propia calma. Tal vez sea el vino o el monstruo despierto que se divierte con todo esto. Tal vez sea el gran placer de poder confrontar a esa mujer que piensa que todo lo sabe.

Continúa, le pido mientras mezclo el pedazo de pan con el queso fundido.

—Como ustedes saben, esas mujeres mal amadas no son amenaza para mí. Al contrario de ustedes dos, no tengo confianza total en Jacob. Sé que me ha traicionado algunas veces, porque la carne es débil…

Jacob ríe, nervioso, bebe otro trago de vino. La botella se acaba, y Marianne le hace señas a un mesero, pidiendo otra.

—…pero procuro verlo como parte de una relación normal. Si mi hombre no es deseado y perseguido por esas vagabundas, es porque debe ser completamente falto de interés. ¿Sabes lo que siento en vez de celos? Calentura. Muchas veces me quito la ropa, me acerco a él desnuda, abro las piernas y le pido que haga conmigo exactamente lo que hizo con ellas. A veces le pido que me cuente cómo fue y eso me hace gozar muchas veces durante el sexo.

—Son las fantasías de Marianne —dice Jacob, sin ser muy convincente—. Ella inventa esas cosas. El otro día me preguntó si me gustaría ir a un club de *swingers* en Lausana.

Claro que él no estaba bromeando, pero todo el mundo rio, incluso ella.

Para mi horror, descubro que Jacob está adorando ser llamado un "macho infiel". Mi marido parece muy interesado en la respuesta de Marianne y le pide que hable un poco más de la calentura que siente al saber de las aventuras extraconyugales de su esposo. Le pide la dirección del club de *swingers* y me mira con los ojos brillantes. Dice que ya es hora de que experimentemos cosas diferentes. No sé si está intentando controlar la atmósfera casi insoportable de la mesa o si de hecho está interesado en experimentar.

Marianne dice que no sabe la dirección, pero que si él le da su teléfono, se la mandará por mensaje.

Hora de entrar en acción. Digo que, en general, las mujeres

celosas procuran mostrar exactamente lo contrario en público. Adoran hacer insinuaciones a ver si obtienen alguna información con respecto al comportamiento de su compañero, pero son ingenuas al creer que van a conseguirla. Yo, por ejemplo, podría tener algo con tu marido y tú jamás lo sabrías, porque no soy lo bastante idiota como para caer en esa trampa.

Mi tono de voz se altera un poco. Mi marido me mira, sorprendido por mi respuesta.

—Mi amor, ¿no crees que estás yendo demasiado lejos?

No, no lo creo. No fui yo quien comenzó esta conversación, y no sé adónde está queriendo llegar Madame König. Pero desde que entramos no ha parado de insinuar cosas y estoy harta de eso. Por cierto, ¿no te diste cuenta cómo me miraba todo el tiempo mientras nos hacía conversar sobre un tema que a nadie le interesa en esta mesa, excepto a ella?

Marianne me mira espantada. Creo que no esperaba ningún tipo de reacción, pues está acostumbrada a controlarlo todo.

Digo que he conocido a muchas personas movidas por unos celos obsesivos, y no porque piensen que el marido o la esposa estén cometiendo adulterio, sino porque no son el centro de atención todo el tiempo, como quisieran. Jacob llama al mesero y pide la cuenta. Excelente. Finalmente, fueron ellos quienes nos invitaron y deben cargar con los gastos.

Miro el reloj y finjo gran sorpresa: ¡ya pasó la hora que acordamos con la nana! Me levanto, agradezco la cena y voy al guardarropa a recoger mi abrigo. La conversación ya cambió hacia los hijos y las responsabilidades que traen consigo.

—¿Creíste en serio que yo estaba hablando de ella? —oigo a Marianne preguntarle a su marido.

—Claro que no. No habría motivo para eso.

Salimos al aire frío sin conversar mucho. Estoy irritada, ansiosa y explico compulsivamente que sí, que ella estaba hablando de mí; esa mujer es tan neurótica que el día de las

elecciones me hizo varias insinuaciones. Siempre está queriendo aparecer; debe morir de celos de un idiota que tiene la
obligación de portarse bien y a quien ella controla con mano
de hierro para que tenga algún futuro en la política, aunque en
verdad sea ella quien querría estar en las tribunas diciendo lo
que es correcto o equivocado.

Mi marido afirma que bebí demasiado y que es mejor que
me calme.

Pasamos ante la catedral. Una bruma cubre de nuevo
la ciudad y todo parece una película de terror. Imagino que
Marianne está en alguna esquina esperándome con un puñal,
como en los tiempos en que Ginebra era una ciudad medieval,
en lucha constante con los franceses.

Ni el frío ni la caminata me tranquilizan. Tomamos el auto
y, al llegar a casa, voy directamente al cuarto y me trago dos
pastillas de Valium, mientras mi marido le paga a la nana y
mete a los niños a la cama.

Duermo diez horas seguidas. Al día siguiente, cuando me
levanto para afrontar la rutina matinal, comienzo a pensar que
mi marido está un poco menos cariñoso. Es un cambio casi
imperceptible, pero aún así hubo algo ayer que lo puso incómodo. No sé bien qué hacer, jamás me había tomado dos calmantes de una sola vez. Estoy en una especie de letargo que no
se parece en nada al que provocaban la soledad y la infelicidad.

Salgo para el trabajo y, automáticamente, reviso mi teléfono celular. Hay un mensaje de Jacob. Dudo en abrirlo, pero
la curiosidad es mayor que el odio.

Fue enviado esta mañana, muy temprano.

"Lo arruinaste todo. Ella no imaginaba que hubiera algo
entre nosotros, pero ahora tiene la seguridad de que sí. Caíste en
una trampa que ella no tendió".

TENGO que pasar al maldito supermercado y hacer compras para la casa, como una mujer mal amada y frustrada. Marianne tiene razón: no paso de ser eso, y de ser un pasatiempo sexual para el perro estúpido que duerme en la misma cama que ella.

Conduzco peligrosamente porque no puedo parar de llorar y las lágrimas no me dejan ver bien el paso de los otros autos. Escucho claxonazos y reclamaciones. Intento ir más despacio. Oigo más claxonazos y reclamaciones.

Si fue una estupidez dejar que Marianne sospechara algo, más estúpido todavía fue poner en riesgo todo lo que tengo: mi marido, mi familia, mi trabajo.

Mientras conduzco bajo el efecto retardado de dos calmantes y con los nervios a flor de piel, comprendo que ahora también estoy arriesgando mi vida. Me estaciono en una calle lateral y lloro. Mis sollozos son tan altos que alguien se acerca y pregunta si necesito ayuda. Digo que no y la persona se aleja. Pero la verdad es que sí necesito ayuda, y mucha. Estoy sumergida en mi interior, en el mar de lodo que hay ahí, y no logro nadar bien.

Estoy muriendo de odio. Imagino que Jacob ya se recuperó de la escena de ayer y no va a querer verme nunca más. La culpa es mía, por querer ir más allá de mis límites, siempre creyendo que soy sospechosa, que todos desconfiaban de lo que estaba haciendo. Tal vez sea una buena idea llamarle y pedir disculpas, pero no sé si me contestará. Quién sabe si no será mejor hablarle a mi marido y ver si está todo bien. Conozco su voz, sé cuándo está irritado y tenso, aunque sea un maestro del autocontrol. Pero no quiero saber. Tengo mucho miedo. Tengo el estómago revuelto, las manos crispadas en el volante, y me permito llorar lo más fuerte que puedo, gritar, hacer un escándalo en el único lugar seguro del mundo: mi auto. La persona que se aproximó ahora me mira de lejos, temerosa de que haga una tontería. No, no haré nada. Sólo quiero llorar. No es pedir mucho, ¿verdad?

Siento que abusé de mí misma. Quiero volver atrás, sólo que eso es imposible. Quiero establecer un plan para recuperar el terreno perdido, pero no logro razonar bien. Todo lo que hago es llorar, sentir vergüenza y odio.

¿Cómo pude ser tan ingenua? ¿Creer que Marianne me estaba mirando y diciendo cosas que ya sabía? Porque me sentí culpable, una criminal. Quería humillarla, destruirla frente a su marido, para que él no me viera sólo como un pasatiempo. Sé que no lo amo, pero él me estaba devolviendo poco a poco la alegría perdida y alejándome del pozo de soledad en el cual pensaba estar hundida hasta el cuello. Y ahora comprendo que esos días se fueron para siempre. Tengo que volver a la realidad, al supermercado, a los días siempre iguales, a la seguridad de mi casa, antes tan importante para mí, pero que se convirtió en una prisión. Necesito juntar los pedazos que sobraron de mí misma. Tal vez confesar a mi marido todo lo que pasó.

Sé que él comprenderá. Es un hombre bueno, inteligente, que siempre ha puesto en primer lugar a su familia. Pero ¿y si no comprende? ¿Y si decide que ya basta, que hemos llegado al límite y que está cansado de vivir con una mujer que antes se quejaba de depresión y ahora se lamenta por haber sido abandonada por su amante?

Mis sollozos disminuyen y comienzo a pensar. El trabajo me espera dentro de poco y no puedo pasar el día entero en esta callejuela repleta de hogares de parejas felices, con algunos adornos de Navidad en las puertas, con las personas yendo y viniendo sin notar que estoy ahí, viendo cómo se desmorona mi mundo sin poder hacer nada.

Necesito reflexionar. Tengo que establecer una lista de prioridades ¿Lograré fingir, en los próximos días, meses y años, que soy una mujer devota y no un animal herido? La disciplina nunca fue mi fuerte, pero no me puedo comportar como una desequilibrada.

Me seco las lágrimas y miro hacia adelante. ¿Es hora de arrancar el auto? Todavía no. Espero un poco más. Si existe una única razón para estar feliz por lo que pasó, es que ya me estaba cansando de vivir una mentira. ¿Hasta dónde sospecha mi marido? ¿Será que los hombres perciben cuándo las mujeres fingen el orgasmo? Es posible, pero no tengo cómo saberlo.

Salgo del auto, pago el estacionamiento por más tiempo del necesario, así puedo caminar sin rumbo. Llamo al trabajo y doy una excusa incoherente: uno de los niños tiene diarrea y necesito llevarlo al médico. Mi jefe lo cree; finalmente, los suizos nunca mienten.

Pero yo sí miento. He mentido todos los días. Perdí el amor propio y ya no sé dónde estoy pisando. Los suizos viven en el mundo real. Yo vivo en un mundo de fantasía. Los suizos saben resolver sus problemas. Incapaz de resolver los míos, creé una situación en la que tenía la familia ideal y el amante perfecto.

Camino por esta ciudad a la que amo, con sus establecimientos que, con excepción de los lugares para turistas, parecen haberse detenido en los años cincuenta y no tener la menor intención de modernizarse. Hace frío, pero gracias a Dios no hace viento, lo que vuelve soportable la temperatura. Intentando calmarme y distraerme, paro en una librería, en una carnicería y en una tienda de ropa. Siempre que vuelvo a salir a la calle, siento que la baja temperatura ayuda a apagar la hoguera en la que me he transformado.

¿Es posible educarse para amar al hombre correcto? Claro

que sí. El problema es lograr olvidar al hombre equivocado, que entró sin pedir permiso porque estaba pasando y vio la puerta abierta.

¿Qué quería exactamente yo con Jacob? Desde el principio sabía que nuestra relación estaba condenada, aunque no pudiera imaginar que fuera a terminar de una manera tan humillante. Tal vez yo sólo quería lo que tuve: aventura y alegría. O tal vez quería más, vivir con él, ayudarlo a crecer en su carrera, darle el apoyo que parecía ya no recibir de su esposa, el cariño que se quejó de no tener en uno de nuestros primeros encuentros. Arrancarlo de su casa como se arranca una flor del jardín ajeno, y sembrarla en mi terreno, incluso sabiendo que las flores no resisten ese tipo de tratamiento.

Una ola de celos me invade, pero esta vez ya no hay lágrimas que derramar, sólo rabia. Dejo de andar y me siento en una banca, en una parada de autobús cualquiera. Miro a las personas que llegan y se marchan, todas muy ocupadas en sus mundos, tan pequeños que caben en la pantalla de un celular, del cual no despegan los ojos y los oídos.

Los autobuses vienen y van. Las personas bajan y caminan apresuradas, tal vez por causa del frío. Otras abordan los camiones despacio, sin ganas de llegar a casa, al trabajo, a la escuela. Pero nadie demuestra rabia ni entusiasmo; no son felices ni tristes, sino sólo almas en pena que cumplen mecánicamente la misión que el universo les destinó el día que nacieron.

Después de algún tiempo logro relajarme un poco. Identifiqué algunas piezas de mi rompecabezas interno. Una de ellas es el motivo de ese odio que viene y va, como los autobuses de esta parada. Es posible que haya perdido lo que era más importante en mi vida: mi familia. Fui vencida en la batalla en busca de la felicidad, pero eso no sólo me humilla, me impide ver el camino que hay adelante.

¿Y mi marido? Necesito tener una conversación franca con

él hoy en la noche, y confesarle todo. Tengo la impresión de que eso me liberará, aunque sufra las consecuencias. Estoy cansada de mentir: a él, a mi jefe, a mí misma.

Sólo que ahora no quiero pensar en eso. Más que cualquier otra cosa, son los celos los que devoran mis pensamientos. No logro levantarme de esta parada de autobús porque descubrí que hay cadenas que atrapan mi cuerpo. Son pesadas y difíciles de arrastrar.

¿Quiere decir que a ella le gusta escuchar historias de infidelidad mientras está en la cama con su marido, haciendo las mismas cosas que él hacía conmigo? Cuando él tomó el preservativo de la mesa de noche, en nuestra primera vez, yo debía haber concluido que tenía otras mujeres. Por el modo en que me poseyó, yo tenía que saber que era sólo una más. Muchas veces salí de aquel maldito hotel con esa sensación, diciéndome a mí misma que no lo vería de nuevo, y consciente de que eso era una más de mis mentiras, pues si él me llamaba, yo siempre estaría lista, el día y a la hora que quisiera.

Sí, yo sabía todo eso. E intentaba convencerme de que sólo estaba buscando sexo y aventura. Pero no era verdad. Hoy me doy cuenta de que, a pesar de haberlo negado en todas mis noches de insomnio y mis días vacíos, sí estaba enamorada. Perdidamente enamorada.

No sé qué hacer. Imagino —en realidad estoy segura— que todas las personas casadas siempre sienten una atracción secreta por alguien. Eso está prohibido, y coquetear con lo prohibido es lo que le da encanto a la vida. Pero son pocas las personas que lo llevan a cabo: una de cada siete, como decía el artículo que leí en el periódico. Y creo que sólo una de cada cien es capaz de confundirse al punto de dejarse llevar por la fantasía, como yo hice. Para la mayoría no pasa de ser una pequeña pasión, algo que ya se sabe desde el comienzo que no va a durar mucho. Un poco de emoción para volver más erótico el sexo y escuchar gritos de "te amo" en el momento del orgasmo. Nada más allá de eso.

¿Y cómo reaccionaría yo si fuera mi marido el que se hubiera conseguido una amante? Sería radical. Diría que la vida es injusta conmigo, que no valgo nada, que estoy envejeciendo; haría un escándalo, no pararía de llorar de celos, que en realidad serían envidia: él puede, yo no. Saldría azotando la puerta ahí mismo, y me iría con los niños a casa de mis padres. Dos o tres meses después estaría arrepentida, buscando alguna excusa para volver e imaginando que él también desearía eso. A los cuatro meses ya estaría aterrada por la posibilidad de tener que comenzar todo de nuevo. En cinco meses hallaría una forma de pedirle que volviera, "por el bien de los niños", pero ya sería demasiado tarde: él estaría viviendo con su amante, mucho más joven y llena de energía, y más bonita, que comenzó a devolverle la alegría de vivir.

Suena el teléfono. Mi jefe pregunta cómo está mi hijo. Le digo que estoy en una parada de autobús y que no puedo oírlo mucho, pero que todo está bien, que dentro de poco llegaré al periódico.

Una persona aterrorizada nunca distingue la realidad. Prefiere esconderse en sus fantasías. No puedo seguir en este estado por más de una hora, tengo que recomponerme. El trabajo me espera y tal vez eso me ayude.

Salgo de la parada de autobús y comienzo a caminar de regreso al auto. Miro las hojas muertas en el suelo. Pienso que, en París, ya habrían sido recogidas. Pero estamos en Ginebra, una ciudad mucho más rica, y todavía siguen ahí.

Algún día esas hojas fueron parte de un árbol, que ahora se recogió y se prepara para una estación de reposo. ¿Acaso el árbol tuvo consideración con aquel manto verde que lo cubría, lo alimentaba y le permitía respirar? No. ¿Pienso en los insectos que vivían ahí y que ayudaban a polinizar las flores, manteniendo la naturaleza viva? No. El árbol sólo piensa en sí mismo: ciertas cosas, como las hojas y los insectos, son descartadas cuando es necesario.

Soy una de esas hojas en el suelo de la ciudad, que vivió creyendo que sería eterna y murió sin saber exactamente por qué; que amó el sol y la luna, y durante mucho tiempo miró esos autobuses que pasaban, esos ruidosos tranvías, y nadie jamás tuvo la delicadeza de avisarle que existía el invierno. Ellas aprovecharon al máximo, hasta que un día se fueron volviendo amarillas y el árbol les dijo adiós.

No les dijo hasta luego, sino adiós, a sabiendas de que ellas no volverían nunca más. Y le pidió ayuda al viento para soltarlas de sus ramas lo más rápido posible y llevárselas bien lejos. El árbol sabe que sólo podrá crecer si logra descansar. Y si crece, será respetado. Y podrá generar flores todavía más bellas.

Basta. La mejor terapia para mí ahora es el trabajo, porque ya derramé todas las lágrimas que tenía y ya pensé en todo lo que necesitaba pensar. Aún así, no logro librarme de nada.

Entro en piloto automático, llego a la calle donde me estacioné y encuentro a uno de esos guardias con uniforme rojo y azul escaneando la placa de mi auto con una máquina.

—¿Es suyo el vehículo?

Sí.

Él continúa su trabajo. Yo no digo nada. La placa escaneada ya entró en el sistema, fue enviada a la central, será procesada y generará una correspondencia con el discreto sello de la policía en la ventana de celofán de los sobres oficiales. Tendré treinta días para pagar los cien francos, pero también puedo protestar la multa y gastar quinientos francos en abogados.

—Se pasó veinte minutos. El periodo máximo aquí es de media hora.

Sólo asiento con la cabeza. Veo que él se sorprende: no estoy suplicando que pare, argumentando que nunca más lo haré; tampoco corrí a interrumpirlo cuando vi que estaba ahí. No tuve ninguna de las reacciones a las que está acostumbrado.

Sale un *ticket* de la máquina que escaneó la placa de mi auto, como si estuviéramos en un supermercado. Él lo guarda en una bolsa de plástico (para protegerlo de la intemperie) y se dirige al parabrisas para sujetarlo con el limpiador. Aprieto el botón de la llave y las luces parpadean, indicando que la puerta ha sido abierta.

Él se da cuenta de la tontería que estaba a punto de hacer, pero al igual que yo, está en piloto automático. El sonido de las puertas siendo destrabadas lo despierta; entonces se me acerca y me entrega la multa.

Salimos los dos contentos. Él, porque no tuvo que aguantar reclamaciones; yo, porque recibí un poco de lo que merezco: un castigo.

NO SÉ, pero en breve descubriré si mi marido está ejerciendo un supremo autocontrol o si realmente no da la menor importancia a lo que sucedió.

Llego a casa a la hora apropiada, después de un día más de trabajo, durante el cual averigüé sobre las cosas más triviales del mundo: entrenamiento de pilotos, exceso de árboles de Navidad en el mercado, introducción de comandos electrónicos en los cruces de las vías férreas. Eso me dio una inmensa alegría, porque no estaba en condiciones físicas ni psicológicas de pensar mucho.

Preparo la cena como si ésta fuera una noche más de rutina entre las miles que hemos vivido juntos. Pasamos un rato mirando la televisión. Los niños se suben antes al cuarto, atraídos por sus tablets y por los juegos en los que matan terroristas o militares, dependiendo del día.

Coloco los platos en la lavavajillas. Mi marido va a intentar poner a nuestros hijos a dormir. Hasta ahora sólo conversamos sobre obligaciones. No sé decir si siempre fue así, y nunca lo noté, o si está especialmente extraño hoy. Lo descubriré dentro de poco.

Mientras él está allá arriba, enciendo la chimenea por primera vez en este año: me tranquiliza contemplar el fuego. Voy a revelarle algo que imagino que él ya sabe, pero necesito de todos los aliados que pueda conseguir. Teniendo eso en cuenta, también abro una botella de vino. Preparo una tabla con quesos variados. Bebo mi primer trago y fijo la vista en las llamas. No me siento ansiosa ni con miedo. Basta de esta doble vida. Cualquier cosa que ocurra hoy será mejor para mí. Si nuestro matrimonio tiene que terminar, que sea así: en un día de otoño, antes de Navidad, mirando la chimenea y conversando como personas civilizadas.

Él baja, ve la cena preparada y no pregunta nada. Sólo se acomoda a mi lado en el sofá y también se queda mirando el fuego. Bebe su vino y me preparo para llenar su copa, pero él hace un gesto con la mano, indicando que ya es suficiente.

Hago un comentario idiota: la temperatura hoy estuvo debajo de cero. Él asiente con la cabeza.

Por lo visto, tendré que tomar la iniciativa.

Realmente lamento lo que ocurrió durante la cena de ayer…

—No fue tu culpa. Esa mujer es muy rara. Por favor, ya no me invites a esos encuentros.

Su voz parece calmada. Pero todo el mundo aprende, cuando niño, que antes de las peores tempestades hay un momento en que el viento se detiene y todo da la impresión de estar absolutamente normal.

Insisto en el asunto. Marianne demostraba celos escondiéndose detrás de la máscara de avanzada y liberal.

—Es verdad. Los celos son ese sentimiento que nos dice: "Puedes perder todo lo que tanto te esforzaste por conseguir". Nos vuelve ciegos para todo lo demás, para lo que vivimos con alegría, para los momentos felices y para los lazos creados en esas ocasiones. ¿Cómo es que el odio puede apagar toda la historia de una pareja?

Está preparando el terreno para que yo diga todo lo que necesito. Continúa:

—Todo el mundo tiene días en los que dice: "Bien, mi vida no está exactamente de acuerdo con mis expectativas". Pero si la vida te preguntara qué has hecho por ella, ¿cuál sería tu respuesta?

¿Es una pregunta para mí?

—No. Me estoy cuestionando a mí mismo. Nada ocurre sin esfuerzo. Es preciso tener fe. Y, para eso, tenemos que derrumbar las barreras del prejuicio, lo cual exige coraje. Para tener coraje, es necesario dominar el miedo. Y así para adelante. Vamos a hacer las paces con nuestros días. No podemos olvidar que la vida está de nuestro lado. Ella también quiere mejorar. ¡Vamos a ayudarla!

Me sirvo otra copa de vino. Él pone más leña en el fuego. ¿Cuándo tendré el valor de confesar?

Sin embargo, él no parece dispuesto a dejarme hablar.

—Soñar no es tan sencillo como parece. Por el contrario: puede ser peligroso. Cuando soñamos, ponemos en marcha energías poderosas y ya no podemos ocultar de nosotros mismos el verdadero sentido de nuestra vida. Cuando soñamos, también hacemos una elección del precio a pagar.

Ahora. Mientras más me tarde, más sufrimiento causaré a ambos.

Levanto la copa, hago un brindis y le digo que hay algo que está molestando mucho mi alma. Él responde que ya conversamos sobre eso en el restaurante, cuando le abrí mi corazón y hablé de mi miedo a estar deprimida. Le explico que no me refiero a eso.

Él me interrumpe y continúa su razonamiento:

—Correr detrás de un sueño tiene un precio. Puede exigir que abandonemos nuestros hábitos, puede hacernos pasar por dificultades, puede llevarnos a decepciones, etcétera. Sin embargo, por más caro que sea, nunca es tan caro como el precio que paga quien no vivió. Porque un día esa persona va a mirar atrás y escuchará a su corazón decir: "Desperdicié mi vida".

No me está facilitando las cosas. ¿Supongamos que lo que tengo que decir no sea una tontería, sino algo realmente concreto, verdadero, amenazador?

Él ríe.

—Controlé los celos que siento acerca de ti y estoy feliz por eso. ¿Sabes por qué? Porque siempre tengo que mostrarme digno de tu amor. Tengo que luchar por nuestro matrimonio, por nuestra unión, y eso no tiene nada que ver con nuestros hijos. Yo te amo. Soportaría todo, absolutamente cualquier cosa, por tenerte siempre a mi lado. Pero no puedo impedir que un día te vayas. Por lo tanto, si ese día llega, serás libre para irte y buscar tu felicidad. Mi amor por ti es más fuerte que todo, y yo jamás te impediría ser feliz.

Mis ojos se llenan de lágrimas. Hasta ahora no sé exactamente de qué está hablando. Si es sólo una conversación sobre los celos, o si me está dando un mensaje.

—No tengo miedo de la soledad —prosigue—. Tengo miedo de vivir engañándome, mirando la realidad como me gustaría que fuera, y no como verdaderamente es.

Toma mi mano.

—Tú eres una bendición en mi vida. Es posible que no sea el mejor marido del mundo, porque casi no demuestro mis sentimientos. Y sé que extrañas eso. También sé que, por eso, puedes creer que no eres importante para mí, o sentirte insegura, cosas de ese tipo. Pero no es así. Debemos sentarnos más frente a la chimenea y conversar sobre cualquier cosa, menos celos. Porque eso no me interesa. ¿Quién sabe si no sea bueno viajar juntos sólo nosotros dos? ¿Pasar el *révellion* en una ciudad diferente o incluso en un lugar que ya conocemos?

Pero, ¿y los niños?

—Estoy seguro de que sus abuelos estarían encantados de cuidarlos.

Y completa:

—Cuando se ama, es necesario estar preparado para todo. Porque el amor es como un caleidoscopio, de esos que usábamos para jugar cuando éramos niños. Está en constante movimiento y nunca se repite. Quien no entiende eso está condenado a sufrir por algo que sólo existe para hacernos felices. ¿Y sabes qué es lo peor? Las personas como esa mujer, siempre preocupadas por lo que otros piensan de su matrimonio, para mí no importan. Sólo cuenta lo que tú piensas.

Recuesto la cabeza en su hombro. Todo lo que tenía que decir ha perdido importancia. Él sabe lo que está pasando y logra lidiar con la situación de una manera que yo jamás sería capaz.

ES MUY fácil: siempre que no estés actuando de manera ilegal, está permitido ganar o perder dinero en el mercado financiero.

El ex magnate procura mantener la pose de uno de los hombres más ricos del mundo. Pero su fortuna se evaporó en menos de un año, cuando los grandes financieros descubrieron que estaba vendiendo sueños. Procuro mostrar interés por lo que dice. Finalmente, fui yo quien le pidió a mi jefe terminar definitivamente la serie de materias sobre la búsqueda de soluciones para el estrés.

Hace una semana recibí el mensaje de Jacob diciendo que yo había arruinado todo. Una semana desde que vagué en llanto por la calle, momento que en breve me será recordado debido a una multa de tránsito. Una semana desde esa conversación con mi marido.

—Siempre tenemos que saber cómo vender una idea. En eso se basa el éxito de cualquier persona: saber vender lo que desea —continúa el ex magnate.

Mi querido, a pesar de tu pompa, de tu aura de seriedad y de la *suite* en este hotel de lujo; a pesar de la magnífica vista y de la ropa impecablemente elaborada por un sastre londinense, de esa sonrisa y de ese cabello teñido con extremo cuidado, que deja algunas hebras blancas para dar la impresión de "naturalidad"; a pesar de la seguridad con la que hablas y te mueves, hay algo que entiendo mejor que tú: ir por ahí vendiendo una idea no es todo. Es necesario encontrar quién compre. Eso vale para los negocios, para la política y para el amor.

Imagino, mi querido ex millonario, que comprendes de lo que estoy hablando: tienes gráficas, asistentes, presentaciones... pero las personas quieren resultados.

El amor también quiere resultados, aunque todos digan que no, que el acto de amar se justifica por sí solo. ¿Es así? Yo podría estar caminando por el Jardín Inglés, con mi abrigo de pieles comprado cuando mi marido visitó Rusia, mirando el otoño, sonriendo al cielo y diciendo: "Yo amo, y eso basta". ¿Sería verdad?

Claro que no. Yo amo, pero quiero a cambio algo concreto: manos unidas, besos, sexo ardiente, un sueño para compartir, la posibilidad de crear una nueva familia, de educar a mis hijos y de envejecer al lado de la persona amada.

—Necesitamos una meta muy clara para cualquier paso que damos —explica la patética figura frente a mí, con una sonrisa aparentemente confiada.

Por lo visto, de nuevo estoy rayando en la locura. Termino relacionando todo lo que oigo y lo que leo con mi situación afectiva, hasta esta entrevista aburrida con este personaje desagradable. Pienso en el asunto las veinticuatro horas del día: andando por la calle, cocinando o gastando preciosos momentos de mi existencia mientras escucho cosas que, en vez de distraerme, me empujan más hacia el abismo en el que estoy cayendo.

—El optimismo es contagioso…

El ex magnate no para de hablar, seguro de que logrará convencerme, de que publicaré eso en el periódico y él comenzará su redención. Es maravilloso entrevistar a personas así. Sólo necesitamos hacer una pregunta y ellas hablan una hora. A diferencia de mis conversaciones con el cubano, esta vez no estoy prestando atención a una palabra siquiera. La grabadora está prendida y después reduciré este monólogo a seiscientas palabras, el equivalente a más o menos cuatro minutos de conversación.

—El optimismo es contagioso —afirma.

Si así fuera, bastaría ir con la persona amada con una inmensa sonrisa, llena de planes e ideas, para saber cómo presentar el paquete. ¿Funciona? No. Contagioso es el miedo, el pavor constante de no encontrar nunca a alguien que nos acompañe hasta el fin de nuestros días. Y en nombre de ese miedo somos capaces de hacer cualquier cosa, aceptar a la persona equivocada y convencernos de que es la correcta, la única, la que Dios puso en nuestro camino. En poco tiempo la búsqueda de la seguridad se transforma en amor sincero, las cosas son menos amargas y difíciles, y nuestros sentimientos pueden ser puestos en una caja y empujados al fondo de un armario en nuestra mente, donde permanecerán escondidos e invisibles para siempre.

—Algunas personas dicen que soy uno de los hombres mejor relacionados de mi país. Conozco a otros empresarios, políticos, industriales. Lo que está ocurriendo con mis empresas es temporal. En breve serás testigo de mi retorno.

También soy una persona bien relacionada, conozco al mismo tipo de gente que él. Pero no quiero preparar mi retorno. Sólo quiero un desenlace civilizado para una de esas "relaciones".

Porque las cosas que no terminan claramente siempre dejan una puerta abierta, una posibilidad inexplorada, una oportunidad de que todo pueda volver a ser como antes. No, no estoy acostumbrada a eso, aunque conozca a mucha gente que adora esa situación.

¿Qué estoy haciendo? ¿Comparando la economía con el amor? ¿Intentando establecer relaciones entre el mundo financiero y el mundo afectivo?

Hace una semana que no tengo noticias de Jacob. Hace también una semana que mi relación con mi marido volvió a la normalidad, después de aquella noche frente a la chimenea. ¿Conseguiremos, los dos, reconstruir nuestro matrimonio?

Hasta la primavera de este año yo era una persona normal. Cierto día descubrí que todo lo que tenía podría desaparecer de un momento a otro y en vez de reaccionar como una persona inteligente entré en pánico. Eso me llevó a la inercia. A la apatía. A la incapacidad de reaccionar y cambiar. Y después de muchas noches de insomnio, de muchos días sin encontrarle ninguna gracia a la vida, hice exactamente lo que más temía: caminé en el sentido opuesto, desafiando el peligro. Sé que no soy la única: las personas tienen esa tendencia a la autodestrucción. Por azar, o porque la vida quería probarme, encontré a alguien que me tomó de los cabellos —tanto en el sentido literal como en el figurado—, me sacudió, apartó el polvo que ya se estaba acumulando y me hizo respirar de nuevo.

Absolutamente todo era falso. El tipo de felicidad que los dependientes químicos deben encontrar cuando se drogan. Tarde o temprano el efecto pasa y la desesperación se vuelve todavía más grande.

El ex magnate comienza a hablar de dinero. No le pregunté nada acerca de eso, pero aun así él lo menciona. Tiene una inmensa necesidad de decir que no es pobre, que puede mantener su estilo de vida por muchas décadas.

Ya no aguanto estar aquí. Agradezco la entrevista, apago la grabadora y voy a tomar mi abrigo.

—¿Estás libre hoy en la noche? Podemos tomar una copa y terminar esta conversación —sugiere él.

No es la primera vez que me pasa. En realidad, es casi una regla conmigo. Soy bonita e inteligente, aunque Madame König no lo admita, y utilizo mi encanto para conseguir que ciertas personas hablen de cosas que normalmente no le dirían a los periodistas, siempre avisando que puedo publicarlo todo. Pero los hombres… ¡Ah, los hombres! Hacen lo posible y lo imposible para ocultar sus debilidades y cualquier chica de dieciocho años logra manipularlos sin mucho esfuerzo.

Le agradezco la invitación y le digo que ya tengo un compromiso para esa noche. Me siento tentada a preguntarle cómo reaccionó su novia más reciente a la ola de noticias negativas sobre él y el derrocamiento de su imperio. Pero puedo imaginar que eso no le interesa al periódico.

Salgo, cruzo la calle y llego al Jardín Inglés donde, momentos antes, me imaginaba caminando. Sigo hasta una heladería tradicional en la esquina de la calle 31 de Diciembre. Me gusta el nombre de esa calle, pues siempre me recuerda que, tarde o temprano, otro año terminará, y de nuevo haré grandes promesas para el siguiente.

Pido un helado de pistache con chocolate. Camino hasta el muelle y disfruto mi helado mirando el símbolo de Ginebra, el chorro de agua que se proyecta hacia el cielo, creando una cortina de gotitas frente a mí. Los turistas se aproximan y sacan fotos, que saldrán mal iluminadas. ¿No sería más fácil comprar una tarjeta postal?

He visitado muchos monumentos en el mundo. Hombres imponentes cuyo nombre ya fue olvidado, pero que permanecen eternamente montados en sus hermosos caballos. Mujeres que extienden hacia el cielo espadas o coronas, simbolizando victorias que ya no constan ni en los libros escolares. Niños solitarios y sin nombre, esculpidos en piedra, la inocencia perdida para siempre durante las horas y los días en que fueron obligados a posar para algún artista cuyo nombre la historia también ya borró.

Al final, con poquísimas excepciones, no son las estatuas las que marcan la ciudad, sino las cosas inesperadas. Cuando Eiffel construyó una torre de acero para una exposición, ni siquiera soñaba que aquello acabaría convirtiéndose en el símbolo de París, a pesar del Louvre, del Arco del Triunfo, de los imponentes jardines. Una manzana representa a Nueva York. Un puente no muy frecuentado es el símbolo de San Francisco. Otro más, éste sobre el río Tajo, está en las tarjetas postales de Lisboa.

Barcelona tiene una catedral inconclusa como su monumento más emblemático.

Así pasa con Ginebra. Justamente en ese punto el lago Léman se encuentra con el río Ródano, provocando una corriente muy fuerte. Para aprovechar la fuerza hidráulica (somos maestros en inventar cosas) se construyó una hidroeléctrica, pero cuando los trabajadores regresaban a casa cerraban las válvulas, la presión era muy grande y las turbinas terminaban estallando.

Hasta que un ingeniero tuvo la idea de poner una fuente en ese lugar, permitiendo el desahogo del exceso de agua. Con el tiempo, la ingeniería solucionó el problema y la fuente se volvió innecesaria. Pero mediante un plebiscito los habitantes decidieron conservarla. La ciudad ya tenía muchas fuentes y ésta quedaba en medio del lago. ¿Qué hacer para volverla visible?

Así nació el monumento mutante. Se instalaron poderosas bombas y hoy en día es un chorro fortísimo, que lanza quinientos litros de agua por segundo a doscientos kilómetros por hora. Dicen, y yo ya lo comprobé, que puede ser visto desde un avión, a diez mil metros de altura. No tiene un nombre especial: se llama Jet d'Eau (Chorro de Agua), y es el símbolo de la ciudad, a pesar de todas las esculturas de hombres a caballo, mujeres heroicas y niños solitarios.

Una vez le pregunté a Denise, una científica suiza, qué pensaba del Jet d'Eau.

—Nuestro cuerpo está hecho casi todo de agua, a través de la cual pasan las descargas eléctricas que comunican informaciones. Una de esas informaciones se llama amor, y puede interferir en todo el organismo. El amor cambia todo el tiempo. Pienso que el símbolo de Ginebra es el más lindo monumento al amor concebido por el arte del hombre, porque él también nunca es el mismo.

TOMO el celular y llamo a la oficina de
Jacob. Sí, podría telefonear directamente a su número personal, pero no quiero. Hablo con su secretario y le aviso que estoy
yendo a su encuentro.

El secretario me conoce. Me pide que espere en la línea y
que irá a confirmar enseguida. Vuelve un minuto después y me
pide disculpas, pero la agenda está llena. ¿Quizás a principios
del año que viene? Le digo que no, que necesito verlo ahora;
que el asunto es urgente.

"El asunto es urgente" no siempre abre muchas puertas,
pero en este caso estoy segura de que mis oportunidades son
buenas. Esta vez el secretario tarda dos minutos. Me pregunta
si puede ser al principio de la próxima semana. Aviso que
estaré ahí en veinte minutos.

Le agradezco y cuelgo.

JACOB me pide que me vista pronto. A final de cuentas, su oficina es un lugar público, financiado con dinero del Estado, y si nos descubren, él puede ir a prisión. Estudio con atención las paredes cubiertas por paneles de madera trabajada y los bellos frescos en el techo. Sigo acostada, completamente desnuda, en el sofá de cuero ya bastante gastado por el tiempo.

Él se pone cada vez más nervioso. Está en chamarra y corbata, mirando el reloj, ansioso. La hora del almuerzo terminó. Su secretario particular está de regreso; toca discretamente la puerta. Escucha: "Estoy en una reunión" como respuesta y no insiste. Desde entonces ya pasaron cuarenta minutos, llevándose algunas audiencias y citas que deben estar siendo reprogramadas.

Cuando llegué, Jacob me saludó con tres besitos en la cara y señaló, de manera formal, la silla que está ante su escritorio. No necesité mi intuición femenina para darme cuenta de qué tan asustado estaba. ¿Cuál es el motivo de este encuentro? ¿No entiendo que tiene una agenda apretadísima, porque pronto comenzará el receso parlamentario y necesita resolver varios asuntos importantes? ¿No leí el mensaje que me mandó, diciendo que su mujer ahora estaba convencida de que había algo entre nosotros? Tenemos que esperar algún tiempo, dejar que las cosas se enfríen, antes de volvernos a encontrar.

—Claro que lo negué todo. Fingí que estaba profundamente alterado por sus insinuaciones. Le dije que mi dignidad había sido ofendida. Que estaba harto de esa desconfianza y que ella podía preguntar a cualquier persona sobre mi comportamiento. ¿No fue ella misma la que dijo que los celos eran una señal de inferioridad? Hice lo que pude y ella se limitó a responder: "No seas tonto. No te estoy reclamando nada, sólo estoy diciendo que descubrí por qué andabas tan amable y educado últimamente. Fue…"

No lo dejé terminar la frase. Me levanté y lo agarré por el cuello. Él pensó que iba a agredirlo. Pero en vez de eso le di un largo beso. Jacob se quedó completamente sin reacción, pues imaginaba que yo había ido ahí a hacer un escándalo. Pero seguí besando su boca, su cuello, mientras le desataba el nudo de la corbata.

Él me empujó. Yo le di una bofetada.

—Sólo necesito cerrar antes la puerta con llave. También te extrañaba.

Atravesó la oficina bien decorada con muebles del siglo XIX, echó llave y, cuando volvió, yo ya estaba semidesnuda, sólo en mis calzoncitos.

Mientras le arrancaba la ropa, comenzó a chupar mis senos. Gemí de placer; él tapó mi boca con su mano, pero moví la cabeza y seguí gimiendo bajito.

Mi reputación también está en juego, como puedes imaginar. No te preocupes.

Fue el único momento en que paramos y dije algo. En seguida me arrodillé y comencé a chuparlo. Nuevamente él sujetaba mi cabeza, marcando el ritmo: más rápido, cada vez más rápido. Pero yo no quería que se viniera en mi boca. Lo empujé y me fui al sofá de cuero, donde me recosté, con las piernas abiertas. Él se agachó y comenzó a lamer mi sexo. Cuanto tuve el primer orgasmo, me mordí la mano para no gritar. La ola de placer parecía no terminar nunca y yo seguí mordiéndome la mano.

Entonces dije su nombre, le dije que entrara en mí e hiciera todo lo que quisiera. Él me penetró, me agarró por los hombros y me sacudió como un salvaje. Empujó mis piernas hacia mis hombros para poder entrar más a fondo. Fue aumentando el ritmo, pero le ordené que no se viniera todavía. Yo necesitaba más y más y más.

Me poseyó en el suelo, en cuatro patas como un perro, me pegó y me penetró de nuevo, mientras yo movía descontroladamente la cintura. Por sus gemidos sofocados, noté que estaba listo para venirse, que ya no podía controlarse. Hice que abandonara mi interior, me di vuelta y le pedí que entrara de nuevo, mirándome a los ojos, diciendo las cosas sucias que adorábamos decirnos uno al otro siempre que hacíamos el amor. Dije las cosas más bajas que una mujer puede decirle a un hombre. Él pronunciaba mi nombre bajito, pidiéndome que le dijera que lo amaba. Pero yo sólo decía palabrotas y le exigía que me tratara como a una prostituta, como a una cualquiera; que me usara como a una esclava, como a alguien que no merece respeto.

Mi cuerpo estaba completamente erizado. El placer venía en ondas. Me vine otra vez, y otra más, mientras él se controlaba para prolongar aquello lo máximo posible. Nuestros cuerpos chocaban con violencia, provocando ruidos sordos que él ya no se molestaba porque pudieran ser oídos por alguien detrás de la puerta.

Con los ojos fijos en los de él y oyéndolo repetir mi nombre a cada movimiento, entendí que se vendría y que no tenía puesto un preservativo. Me moví una vez más, haciendo que se saliera de mí y le pedí que se viniera en mi cara y en mi boca, y que me dijera que me amaba.

Jacob hizo exactamente lo que le ordené, mientras yo me masturbaba y me venía junto con él. Enseguida me abrazó, apoyó su cabeza en mi hombro, limpió las comisuras de mi boca con las manos, y volvió a decir, muchas veces, que me amaba y que me había extrañado mucho.

Pero ahora pide que me vista, y yo no me muevo. Volvió a ser el niño bien portado que admiran los electores. Siente que algo está mal, pero no sabe decir qué es. Comienza a entender que yo no estoy ahí sólo porque es un amante maravilloso.

—¿Qué es lo que quieres?

Poner punto final. Terminar, por más que eso me parta el corazón y me deje emocionalmente en harapos. Mirarlo a los ojos y decirle que se acabó. Nunca más.

La última semana ha sido de un sufrimiento casi insoportable. Lloré lágrimas que no tenía y me perdí en pensamientos en los cuales me veía siendo arrastrada al campus de la universidad, donde trabaja su mujer, internada a fuerzas en el hospicio que ahí existe. Creí que había fracasado en todo, menos en el trabajo y como madre. Estuve a un paso de la vida y de la muerte a cada minuto, soñando con todo lo que podría haber vivido con él, si todavía fuéramos dos adolescentes mirando juntos al futuro, como si fuera la primera vez. Pero hubo un momento en que comprendí que había llegado al límite de la desesperación, ya no podía hundirme más, y cuando miraba hacia arriba había una única mano extendida: la de mi marido.

Él también debe haber sospechado, aunque su amor fue más fuerte. Intenté ser honesta, contarle todo y quitarme ese peso de las espaldas, pero no hubo necesidad. Él me hizo ver que, independientemente de las decisiones que yo tomara en la vida, estaría siempre a mi lado y por eso mi carga era ligera.

Comprendí que yo me estaba culpando y cobrándome cosas por las cuales él no me condenaba ni me culpaba. Yo me decía a mí misma: No soy digna de este hombre, él no sabe quién soy.

Pero sí lo sabe. Y eso es lo que me permite volver a tener respeto por mí y recuperar mi amor propio. Porque, si un hombre como él, que no tendría ninguna dificultad para encontrar una compañera al día siguiente de la separación, aún así quiere quedarse a mi lado, es porque valgo algo. Valgo mucho.

Descubrí que podía volver a dormir a su lado sin sentirme

sucia ni pensar que lo estaba traicionando. Y me sentí amada y creí merecer ese amor.

Me levanto, recojo mi ropa y voy a su baño privado. Él sabe que es la última vez que me ve desnuda.

Existe un largo proceso de cura por delante, continúo al volver a la oficina. Imagino que él siente lo mismo, pero estoy segura de que todo lo que Marianne quiere es que esta aventura termine, para que pueda volver a abrazarlo con el mismo amor y con la misma seguridad de antes.

—Sí, pero ella no me dice nada. Entendió lo que estaba pasando y se cerró todavía más. Nunca fue cariñosa y ahora parece una autómata, dedicándose más que nunca a su trabajo. Es su manera de fugarse.

Me arreglo la falda, me pongo los zapatos, saco un paquete de mi bolsa y se lo dejo encima del escritorio.

—¿Qué es eso?

Cocaína.

—Yo no sabía que tú…

Él no necesita saber nada, pienso. No necesita saber hasta dónde estaba yo dispuesta a llegar para luchar por el hombre de quien estaba perdidamente enamorada. La pasión todavía existe, pero la llama se debilita cada día que pasa. Cualquier rompimiento es doloroso y puedo sentir ese dolor en cada fibra de mi cuerpo. Es la última vez que lo veo a solas. Volveremos a encontrarnos en fiestas y cocteles, en elecciones y entrevistas colectivas, pero nunca más estaremos así como estuvimos hoy. Fue maravilloso haber hecho el amor de esa manera y terminar como comenzamos: totalmente entregados uno al otro. Yo sabía que era la última vez; él no, pero no podía decir nada.

—¿Qué debo hacer con eso?

Tíralo. Me costó una pequeña fortuna, pero tíralo. Así me liberas del vicio.

No le explico de qué vicio estoy hablando exactamente. Ese vicio tiene un nombre: Jacob König.

Veo su expresión de sorpresa y sonríe. Me despido con tres besitos en su rostro y salgo. En la antesala, me vuelvo hacia su secretario y asiento. Él desvía la mirada, finge que está concentrado en una pila de papeles y sólo murmura una despedida.

Cuando ya estoy en la avenida, llamo a mi marido y le digo que prefiero pasar el *révellion* en casa, con los niños. Si quiere viajar, que sea en Navidad.

VAMOS a dar una vuelta antes de cenar?

Asiento con la cabeza, pero no me muevo. Miro fijamente el parque que está ante el hotel y, más allá, el Jungfrau, perpetuamente nevado, iluminado por el sol de la tarde.

El cerebro humano es fascinante: olvidamos un olor hasta sentirlo de nuevo, borramos una voz de la memoria hasta que la escuchamos otra vez, y hasta las emociones que parecían enterradas para siempre pueden despertarse cuando volvemos al mismo lugar.

Viajo de regreso en el tiempo, cuando estuvimos en Interlaken por primera vez. En esa época nos hospedamos en un hotel barato, fuimos de un lago a otro varias veces, y siempre era como si estuviéramos descubriendo un nuevo camino. Mi marido iba a correr el loco maratón que tiene gran parte de su recorrido en las montañas. Yo estaba orgullosa de su espíritu de aventura, de conquistar lo imposible, de exigir siempre más de su cuerpo.

No era el único loco por hacer eso: venía gente de todos los rincones del mundo, los hoteles estaban abarrotados y las personas confraternizaban en los muchos bares y restaurantes de la pequeña ciudad de cinco mil habitantes. No tengo idea de cómo es Interlaken en el otoño, pero desde mi ventana parece más vacía, más distante.

Esta vez nos hospedamos en el mejor hotel. Tenemos una bella *suite*. En la mesa está la tarjeta del director, saludándonos y ofreciéndonos una botella de champaña, que ya vaciamos.

Él me llama. Vuelvo a la realidad y bajamos para andar un poco por las calles antes de que caiga la noche.

———

Si él me preguntara si todo está bien, tendré que mentir, pues no puedo empañar su alegría. Pero la verdad es que está costando trabajo que cicatricen las heridas de mi corazón. Él recuerda la banca donde nos sentamos a tomar café cierta mañana y fuimos abordados por una pareja de *neohippies* extranjeros que pedían dinero. Pasamos ante una de las iglesias, las campanas tocan, él me besa y yo le correspondo, haciendo todo lo posible por esconder lo que siento.

No caminamos de la mano por causa del frío, pues los guantes me estorban. Nos detenemos en un simpático bar y bebemos un poco. Vamos a la estación del tren. Él compra el mismo *souvenir* que compró la otra vez: un encendedor con el símbolo de la ciudad. En aquella época, fumaba y corría maratones.

Hoy ya no fuma y piensa que su aliento disminuye cada día. Siempre está resollando cuando caminamos de prisa, y aunque intentó ocultarlo, noté que se cansó más de lo normal cuando corrimos en Nyon a la orilla del lago.

Mi teléfono está vibrando. Tardo una eternidad en encontrarlo en mi bolsa. Cuando lo logro, la persona ya colgó. En la pantalla, el aviso de llamada perdida muestra que era mi amiga, la que tuvo depresión y que, gracias a las medicinas, hoy de nuevo es una persona feliz.

—Si quieres devolverla, no me molesta.

Le pregunto por qué debería devolver la llamada. ¿No está él feliz con mi compañía? ¿Quiere ser interrumpido por personas que no tienen otra cosa que hacer que pasarse horas en el teléfono, en conversaciones absolutamente irrelevantes?

Él también se irrita conmigo. Tal vez sea el efecto de la botella de champaña, sumada a las dos copas de *aquavita* que acabamos de tomar. Su irritación me calma y me deja más a gusto: estoy caminando al lado de un ser humano, con emociones y sentimientos.

Qué rara es Interlaken sin el maratón, comento. Parece una ciudad fantasma.

—Aquí no hay pistas de esquí.

Ni podría haberlas. Estamos en medio de un valle, con montañas altísimas de los dos lados y lagos en los extremos.

Él pide otros dos vasos de gin. Sugiero que cambiemos de bar, pero él está decidido a combatir el frío con la bebida. Hace mucho tiempo que no lo hacíamos.

—Sé que sólo pasaron diez años, pero cuando estuvimos aquí por primera vez yo era joven. Tenía ambiciones, me gustaban los espacios al aire libre y no me dejaba intimidar por lo desconocido. ¿Habré cambiado mucho?

Sólo tienes treinta y tantos años. ¿Acaso eres viejo?

Él no responde. Se toma la bebida de un solo trago y se queda mirando al vacío. Ya no es el marido perfecto y, por increíble que parezca, eso me alegra.

Salimos del bar y volvemos al hotel. En el camino hay un bello y encantador restaurante, pero ya hicimos reservaciones en otro lugar. Todavía es muy temprano: la placa informa que la cena comenzará a servirse a las 19:00 horas.

—Vamos a tomar otro gin.

¿Quién es este hombre que está a mi lado? ¿Será que Interlaken despertó memorias perdidas y se abrió la caja del terror?

No digo nada. Y comienzo a tener miedo.

Le pregunto si debemos cancelar nuestra reservación en el restaurante italiano y cenar aquí mismo.

—Da lo mismo.

¿Da lo mismo? ¿Él estará sintiendo ahora todo aquello por lo que pasé cuando pensaba que estaba deprimida?

Para mí no "da lo mismo". Quiero ir al restaurante que reservamos. El mismo donde intercambiamos juramentos de amor.

—Este viaje fue una pésima idea. Prefiero regresar mañana

mismo. Yo tenía la mejor de las intenciones: vivir de nuevo el amanecer de nuestro amor. ¿Pero eso es posible? Claro que no. Somos adultos. Vivimos ahora bajo una presión que antes no existía. Tenemos que mantener los recursos básicos de educación, salud, alimentación. Procuramos divertirnos los fines de semana porque es lo que todo el mundo hace y, como no tenemos ganas de salir de casa, creemos que hay algo malo en nosotros.

Yo nunca tengo ganas. Prefiero quedarme sin hacer nada.

—Yo también. Pero, ¿y nuestros hijos? Ellos quieren otra cosa. No podemos dejarlos encerrados con sus computadoras. Son demasiado jóvenes para eso. Entonces nos obligamos a llevarlos a algún lado, hacemos las mismas cosas que nuestros padres hacían con nosotros, y que nuestros abuelos hacían con nuestros padres. Una vida *normal*. Somos una familia emocionalmente estructurada. Si uno de nosotros necesita ayuda, el otro siempre está listo para hacer lo posible y lo imposible.

Entiendo. Como viajar a un lugar lleno de recuerdos, por ejemplo.

Otro vaso de gin. Él permanece un tiempo en silencio antes de responder a mi comentario.

—Eso mismo. Pero, ¿crees que los recuerdos pueden llenar el presente? Muy por el contrario. Me están sofocando. Estoy descubriendo que ya no soy la misma persona. Hasta que llegamos aquí y nos tomamos esa botella de champaña, todo estaba bien. Ahora me doy cuenta de que estoy lejos de vivir como soñaba cuando visité Interlaken por primera vez.

¿Y qué soñabas?

—Era una tontería. Pero era mi sueño. Y podría haberlo realizado.

Pero, ¿qué era?

—Vender todo lo que tenía entonces, comprar un barco y recorrer el mundo contigo. Mi padre estaría furioso por no haber seguido sus pasos, pero no tendría la menor importancia. Iríamos parando en puertos, haciendo trabajos esporádicos que nos dejaran lo suficiente para seguir adelante, y después que reuniéramos el dinero necesario, zarparíamos de nuevo. Estar con personas que nunca vimos y descubrir lugares que no figuran en las guías de turismo. Aventura. Era mi único deseo: *a-ven-tu-ra.*

Pide otro vaso de gin y lo bebe con una rapidez que nunca vi. Yo dejo de beber, porque ya me estoy sintiendo enojada; no hemos comido nada. Me gustaría decirle que si hubiera realizado su deseo, yo habría sido la mujer más feliz del mundo. Pero es mejor quedarme callada o él se va a sentir peor.

—Entonces vino el primer hijo.

¿Y? Debe haber millones de parejas con hijos haciendo exactamente lo que él sugirió.

Él reflexiona un poco.

—No diría que millones. Miles, tal vez.

Sus ojos cambian. Ya no muestran agresividad, sino tristeza.

—Hay momentos en que paramos para analizarlo todo: nuestro pasado y nuestro presente. Lo que aprendimos y en qué nos equivocamos. Siempre tuve miedo de esos momentos. Consigo engañarlos, afirmando que tomé las mejores decisiones, pero que eso requirió un poco de sacrificio de mi parte. Nada grave.

Sugiero que caminemos un poco. Sus ojos están comenzando a estar extraños, sin brillo.

Él da un golpe en la mesa. La mujer del restaurante lo mira asustada y le pido otro vaso de gin para mí. Ella niega. Está a punto de cerrar el bar porque dentro de poco comenzará la cena. Y trae la cuenta.

Pienso que mi marido va a reaccionar. Pero sólo saca la cartera y avienta un billete en la barra. Toma mi mano y salimos al frío.

—Temo que, si pensara en todo lo que podría haber sido y no fue, entraré en un agujero oscuro…

Conozco esa sensación. Hablamos de eso en el restaurante, cuando le abrí mi alma.

Él parece no oírme.

—…allá en el fondo encontraré una voz diciéndome: nada tiene sentido. El universo ya existía desde hace billones de años, continuará existiendo después de que mueras. Vivimos en la partícula microscópica de un gigantesco misterio, seguimos sin respuestas a nuestras preguntas de la infancia: ¿existe la vida en otro planeta? Si Dios es bueno, ¿por qué permite el sufrimiento y el dolor de los otros? Cosas así. Y lo que es peor: el tiempo sigue pasando. Muchas veces, sin ninguna razón aparente, siento un inmenso pavor. A veces ocurre cuando estoy en el trabajo, en el auto, acostando a los niños. Los miro con cariño y miedo: ¿qué pasará con ellos? Viven en un país que nos da seguridad y tranquilidad, pero, ¿y el futuro?

Sí, entiendo lo que está diciendo. Me imagino que no somos los únicos en pensar así.

—Entonces te veo preparando el desayuno o la cena y a veces pienso que de aquí a unos cincuenta años, o hasta menos, uno de nosotros estará durmiendo solo en la cama, llorando todas las noches porque fuimos felices un día. Los hijos estarán lejos, ya criados. Quien sobrevivió estará enfermo, siempre necesitando la ayuda de extraños.

Se calla y seguimos caminando en silencio. Pasamos por un letrero que anuncia una fiesta de fin de año. Él lo patea con violencia. Dos o tres transeúntes nos miran.

—Perdóname. No quería decirte todo eso. Te traje aquí para que te sintieras mejor, sin las presiones que soportamos todos los días. La culpa es de la bebida.

Estoy abrumada.

Pasamos por un grupo de chicas y chicos que conversan

animadamente entre latas de cerveza esparcidas por todos lados. Mi marido, generalmente serio y tímido, se acerca y los invita a beber un poco más.

Los jóvenes lo miran asustados. Les pido disculpas, doy a entender que ambos estamos bebidos y que una gota más de alcohol podría provocar una catástrofe. Lo sujeto por el brazo y seguimos adelante.

¡Hace cuánto tiempo que no hacía eso! Él era siempre el protector, el que ayudaba, el que resolvía los problemas. Ahora soy yo la que intenta evitar que él resbale y caiga. Su humor ha cambiado de nuevo; ahora canta una canción que nunca escuché, tal vez sea una canción típica de esa región.

Cuando nos aproximamos a la iglesia, las campanas vuelven a tocar.

Es una buena señal, digo.

—Escucho las campanas, hablan de Dios. Pero, ¿Dios estará escuchándonos? Apenas pasamos de los treinta años y ya no le encontramos interés a la vida. Si no fuera por nuestros hijos, ¿cuál sería el sentido de todo esto?

Me preparo para decir algo. Pero no tengo respuesta. Llegamos al restaurante donde intercambiamos los primeros juramentos de amor y tenemos una cena deprimente, a la luz de las velas, en una de las ciudades más hermosas y más caras de Suiza.

CUANDO despierto ya es de día allá afuera. Dormí un sueño sin sueños y no desperté a medianoche. Miro el reloj: las nueve de la mañana.

Mi marido sigue dormido. Voy al baño, me cepillo los dientes, pido el desayuno para los dos. Me pongo una bata y voy a la ventana para pasar el tiempo mientras llega el servicio al cuarto.

En este momento reparo en algo: ¡el cielo está lleno de parapentes! Las personas aterrizan en el parque que está frente al hotel. Marineros de primer viaje, la mayoría no está sola, tiene un instructor detrás, piloteando.

¿Cómo pueden hacer una locura así? ¿Habremos llegado al punto en que arriesgar nuestra vida es lo único que nos libera del aburrimiento?

Otro parapente se posa. Y otro más. Los amigos graban todo, sonriendo alegres. Imagino cómo debe ser la vista allá arriba, porque las montañas que nos rodean son muy, muy altas.

Aunque sienta una gran envidia por cada una de esas personas, jamás tendría el valor de saltar.

Suena el timbre. El mesero entra con una bandeja de plata, un vaso con una rosa, café (para mi marido), té (para mí), *croissants*, tostadas calientes, pan de centeno, mermeladas de diversos sabores, huevos, jugo de naranja, el periódico local y todo lo demás que nos hace felices.

Lo despierto con un beso. No recuerdo cuándo fue la última vez que lo hice. Él se asusta, pero luego sonríe. Nos sentamos a la mesa y saboreamos cada una de las delicias frente a nosotros. Hablamos un poco sobre la borrachera de ayer.

—Creo que lo necesitaba. Pero no tomes muy en serio mis comentarios. Cuando un globo explota asusta a todo el mundo, pero no pasa de ser un globo explotando. Es inofensivo.

Tengo ganas de decirle que me sentí muy bien al descubrir todas sus debilidades, pero sólo sonrío y sigo comiendo mi *croissant*.

Él también nota los parapentes. Sus ojos brillan. Nos vestimos y bajamos para aprovechar la mañana.

Vamos directamente a la recepción. Él dice que nos iremos hoy, pide que bajen las maletas y paga la cuenta.

¿Estás seguro? ¿No podemos quedarnos hasta mañana en la mañana?

—Estoy seguro. La noche de ayer fue suficiente para entender que es imposible regresar el tiempo.

Seguimos hacia la puerta, cruzando el largo *lobby* con techo de vidrio. Leí en uno de los folletos que antes ahí había una calle; ahora unieron los dos edificios que quedaban en avenidas opuestas. Por lo visto, el turismo prospera aquí, a pesar de que no hay pistas de esquí.

Sin embargo, en vez de cruzar la puerta, él gira hacia la izquierda y se dirige al conserje.

—¿Cómo podemos saltar?

¿Cómo podemos saltar? No tengo la menor intención de hacerlo.

El conserje le extiende un folleto. Todo está ahí.

¿Y cómo llegamos allá arriba?

El conserje explica que no tenemos que ir hasta allá. La carretera es complicadísima. Basta con apartar la hora en que vendrán a buscarnos al hotel.

¿No es muy peligroso? ¿Saltar al vacío, entre dos cadenas de montañas, sin nunca haberlo hecho antes? ¿Quiénes son los responsables? ¿Existe algún control del gobierno sobre los instructores y sus equipos?

—Señora, trabajo aquí hace diez años. Salto por lo menos una vez al año. Nunca he visto un accidente.

Está sonriendo. Debe haber repetido esa frase miles de veces en esos diez años.

—¿Vamos?

¿Qué? ¿Por qué no vas solo?

—Puedo ir solo, claro. Tú me esperas aquí abajo con una cámara. Pero necesito y quiero tener esa experiencia en la vida. Siempre me aterró. Ayer mismo hablábamos del momento en que todo entra en su eje y ya no probamos nuestros límites. Fue una noche muy triste para mí.

Lo sé. Él pide al conserje que aparte una hora.

—¿Ahora en la mañana, o en la tarde, cuando podrán ver la puesta de sol reflejada en la nieve alrededor?

Ahora, respondo.

—¿Va a ser para una persona o para dos?

Para dos, si es ahora. Para no tener tiempo de pensar en lo que estoy haciendo. Para no tener tiempo de abrir la caja de donde saldrán los demonios para asustarme: miedo a la altura, a lo desconocido, a la muerte, a la vida, a las sensaciones limítrofes. Es ahora o nunca.

—Tenemos opciones de vuelos de veinte minutos, de media hora y de una hora.

¿Hay vuelos de diez minutos?

No.

—¿Quieren saltar de mil trescientos cincuenta o de mil ochocientos metros?

Ya estoy comenzando a desistir. No necesitaba toda esa información. Claro que quiero que el salto sea lo más bajo posible.

—Mi amor, eso no tiene el menor sentido. Estoy seguro de que nada va a pasar, pero si pasara, el peligro es el mismo. Caer de veintiún metros, el equivalente al séptimo piso de un edificio, también tendría las mismas consecuencias.

El conserje ríe. Yo río para ocultar mis sentimientos. Qué ingenua fui al creer que unos míseros quinientos metros harían alguna diferencia.

El conserje toma el teléfono y habla con alguien.

—Sólo hay lugar en los saltos de mil trescientos cincuenta metros.

Más absurdo que el miedo que sentí antes, es el alivio que experimento ahora. ¡Ah, qué bueno!

El auto está a las puertas del hotel en diez minutos.

ESTOY ante el abismo con mi marido y con otras cinco o seis personas, esperando mi turno. En el camino hasta acá arriba pensé en mis hijos y en la posibilidad de que perdieran a sus padres… Entonces me di cuenta de que no saltaríamos juntos.

Vestimos ropas térmicas especiales y cascos. ¿Para qué el casco? ¿Para que me deslice más de mil metros hasta el suelo con el cráneo intacto, en caso de que pegue contra una roca?

—El casco es obligatorio.

Perfecto. Me pongo el casco, igual al de los ciclistas que andan por las calles de Ginebra. Nada más estúpido, pero no voy a discutir.

Miro hacia el frente: entre nosotros y el abismo todavía existe una pendiente cubierta de nieve. Puedo interrumpir el vuelo en el primer segundo; nos bajamos aquí y subimos a pie. No tengo la obligación de llegar hasta el final.

Nunca tuve miedo de los aviones. Siempre formaron parte de mi vida. Pero la cuestión es que, cuando estamos allá adentro, no se nos ocurre que es exactamente lo mismo que saltar con el parapente. La única diferencia es que el capullo de metal parece un escudo y nos da la sensación de que estamos protegidos. Sólo eso.

¿Sólo eso? Por lo menos, en mi parca comprensión de las leyes de la aerodinámica, imagino que sí.

Necesito convencerme. Necesito un argumento mejor.

El argumento mejor es éste: el avión está hecho de metal. Pesadísimo. Y carga maletas, personas, equipo, toneladas de combustible explosivo. Por su parte, el parapente es ligero, desciende con el viento, obedece las leyes de la naturaleza, como una hoja que cae del árbol. Tiene mucho más sentido.

—¿Quieres ir primero?

Sí quiero. Porque si algo me pasa, lo sabrás y cuidarás de nuestros hijos. Además, te sentirás culpable el resto de tu vida por haber tenido esta idea insana. Seré recordada como la compañera de todas las horas, la que estaba siempre al lado de su marido en el dolor y en la alegría, en la aventura y en la rutina.

—Estamos listos, señora.

¿Pero tú eres el instructor? ¿No eres demasiado joven? Preferiría ir con el jefe de ustedes, finalmente es mi primera vez.

—Salto desde que llegué a la edad permitida, dieciséis años. He saltado no sólo de aquí sino de diversos lugares del mundo, hace cinco años. No se preocupe, señora.

Su tono condescendiente me irrita. Los mayores y sus temores deberían ser respetados. Además, él debe decirle lo mismo a todo el mundo.

—Recuerde las instrucciones. Cuando comencemos a correr, no se detenga. Yo me encargo del resto.

Instrucciones. Hasta parece que estamos familiarizados con todo esto, cuando lo máximo que tuvieron la paciencia de hacer fue explicarnos que el riesgo consiste exactamente en querer parar a medio camino. Y que, cuando lleguemos al suelo, debemos seguir andando hasta sentir que los pies están firmemente puestos en la tierra.

Es mi sueño: los pies en la tierra. Voy con mi marido y le pido que sea el último en saltar, así tendrá tiempo de ver lo que ocurra conmigo.

—¿Quiere llevar la cámara? —pregunta el instructor.

La máquina fotográfica puede ser acoplada a la punta de un bastón de aluminio de aproximadamente sesenta centímetros. No, no quiero. Para empezar, no estoy haciendo esto para mostrárselo a otros. Después, en caso de que logre superar el pánico, estaré más preocupada en filmar que en admirar el paisaje. Eso lo aprendí con mi padre, cuando todavía era adolescente: estábamos haciendo una caminata por el Matterhorn y yo paraba cada minuto para sacar fotos. Hasta que él se irritó: "¿Crees que toda esta belleza y majestuosidad caben en un cuadrito de película? Graba las cosas en tu corazón. Es más importante que intentar mostrar a las personas lo que estás viviendo".

Desde lo alto de su sabiduría de veintiún años, mi compañero de vuelo comienza a sujetar cuerdas a mi cuerpo, usando grandes ganchos de aluminio. La silla está sujeta al parapente; yo iré adelante, él atrás. Todavía puedo desistir, pero ya no soy yo. Carezco completamente de reacciones.

Nos colocamos en posición, mientras el veterano de veintiún años y el jefe de la cuadrilla intercambian opiniones sobre el viento.

Él también se sujeta a la silla. Puedo sentir su respiración en la parte de atrás de mi cabeza. Miro a mis espaldas y no me gusta lo que veo: sobre la nieve blanca hay una fila de telas de colores extendidas en el suelo, con las personas amarradas a ellas. Allá al final está mi marido, también con el casco de ciclista. Imagino que no tuvo elección y debe saltar dos o tres minutos después de mí.

—Estamos listos. Comience a correr.

No me muevo.

—Vamos. Comience a correr.

Le explico que no quiero dar vueltas en el aire. Vamos a descender suavemente. Cinco minutos de vuelo son suficientes para mí.

—Ya me lo dirá mientras volamos. Pero, por favor, hay una fila. Tenemos que saltar ahora.

Como ya no tengo voluntad propia, sigo sus órdenes. Comienzo a correr hacia el vacío.

—Más rápido.

Voy más rápido, las botas térmicas salpicando nieve para

todos lados. En realidad no soy yo quien está corriendo, sino una autómata que obedece órdenes habladas. Comienzo a gritar, no por miedo o por excitación, sino por instinto. Volví a ser una mujer de las cavernas, como dijo el cubano. Tenemos miedo de las arañas, de los insectos y gritamos en situaciones como ésta. Siempre gritamos.

De repente mis pies se despegan del cielo, me agarro con todas mis fuerzas a las correas que me sujetan por las caderas y dejo de gritar. El instructor sigue corriendo por algunos segundos y de pronto ya no estamos caminando en línea recta.

El viento es el que controla nuestra vida.

En el primer minuto, no abro los ojos, así no tengo noción de la altura, de las montañas, del peligro. Intento imaginar que estoy en casa, en la cocina, contándoles a mis hijos una historia que sucedió durante nuestro viaje; tal vez sobre la ciudad, tal vez sobre el cuarto de hotel. No puedo decirles que su padre bebió tanto que llegó a caer al suelo cuando estábamos regresando para dormir. No puedo decirles que me arriesgué a volar, porque van a querer hacerlo también. O peor, pueden intentar volar solos, lanzándose del primer piso de nuestra casa.

Entonces me doy cuenta de mi propia estupidez: ¿por qué estar ahí con los ojos cerrados? Nadie me obligó a saltar. "Tengo años aquí y nunca he visto un accidente", dijo el conserje.

Abro los ojos.

Y lo que veo, lo que siento, es algo que jamás podré describir con precisión. Allá abajo está el valle que une los dos lagos, con la ciudad en medio. Estoy volando, libre en el espacio, sin ningún ruido, porque seguimos con el viento, navegando en círculos. Las montañas que nos rodean ya no parecen altas ni amenazadoras, sino amigas vestidas de blanco con el sol reluciendo por todas partes.

Mis manos se relajan, suelto las correas y abro los brazos, como si fuera un pájaro. El hombre atrás de mí debe haberse dado cuenta de que soy otra persona y, en vez de seguir bajando, comienza a subir, utilizando las invisibles corrientes de aire caliente existentes en lo que antes parecía una atmósfera absolutamente homogénea.

Al frente nuestro está un águila, navegando en el mismo océano, usando sus alas sin esfuerzo para controlar su misterioso vuelo. ¿Adónde quiere llegar? ¿Sólo estará divirtiéndose, disfrutando de la vida y la belleza de todo lo que la rodea?

Parece que me comunico con el águila por telepatía. El instructor de vuelo la sigue; ella es nuestra guía. Nos muestra por dónde debemos pasar para subir cada vez más, hacia el cielo, volando para siempre. Siento lo mismo que aquel día en Nyon, cuando me imaginé corriendo hasta que mi cuerpo no aguantara más.

Y el águila me dice: "Ven. Tú eres el Cielo y la Tierra; el viento y las nubes; la nieve y los lagos".

Parece que estoy en el vientre de mi madre, completamente segura y protegida, experimentando cosas por primera vez. Voy a nacer en breve, me transformaré de nuevo en un ser humano que camina con dos pies sobre la faz de la Tierra. Pero de momento todo lo que hago es estar en este vientre sin ofrecer ninguna resistencia, dejándome llevar adondequiera.

Soy libre.

Sí, soy libre. Y el águila tiene razón: soy las montañas y los lagos. No tengo pasado, presente ni futuro. Estoy conociendo lo que las personas llaman "eternidad".

Por una fracción de segundo, pienso: ¿Tendrán todos los que saltan esta misma sensación? ¿Pero qué importancia tiene? No quiero pensar en los demás. Estoy flotando en la eternidad. La naturaleza habla conmigo como si yo fuera su hija bien amada. La montaña me dice: "Tienes mi fuerza". Los lagos me dicen: "Tienes mi paz y mi calma". El sol aconseja: "Brilla como yo, déjate ir más allá de ti misma. Escucha".

Entonces comienzo a oír las voces que por tanto tiempo estuvieron dentro de mí, sofocadas por los pensamientos repetitivos, por la soledad, por los terrores nocturnos, por el miedo a cambiar y por el temor a que todo continuara igual. Cuanto más subimos, más me distancio de mí misma.

Estoy en otro mundo, donde las cosas encajan perfectamente. Lejos de aquella vida llena de tareas por cumplir, de deseos imposibles, de sufrimiento y de placer. No tengo nada y lo soy todo.

El águila comienza a dirigirse al valle. Con los brazos abiertos, imito los movimientos de sus alas. Si alguien pudiera verme en este momento, no descubriría quién soy, porque soy luz, espacio y tiempo. Estoy en otro mundo.

Y el águila me dice: "Esto es la Eternidad".

En la eternidad, no existimos; somos apenas un instrumento de la Mano que creó las montañas, la nieve, los lagos y el sol. Volví en el tiempo y en el espacio al momento en que todo está siendo creado y las estrellas caminan en direcciones opuestas. Quiero servir a esta Mano.

Varias ideas aparecen y desaparecen sin cambiar lo que siento. Mi mente ha dejado mi cuerpo y se mezcló con la naturaleza. Ah, qué pena que el águila y yo llegaremos al parque frente al hotel allá abajo. Pero, ¿qué importancia tiene lo que ocurrirá en el futuro? Estoy aquí, en este vientre materno hecho de nada y de todo.

Mi corazón se llena con cada rincón del universo. Intento explicármelo con palabras, intento encontrar la forma de recordar lo que siento ahora, pero esos pensamientos pronto desaparecen y el vacío vuelve a apoderarse de todo.

¡Mi corazón!

Antes yo veía un gigantesco universo a mi alrededor y

ahora el universo parece un pequeño punto dentro de mi corazón, que se expandió infinitamente, como el espacio. Un instrumento. Una bendición. Mi mente se esfuerza por mantener
el control y explicar por lo menos algo de lo que estoy sintiendo, pero el poder es más fuerte.

Poder. La sensación de Eternidad me proporciona la misteriosa sensación de poder. Todo lo puedo, incluso acabar con el
sufrimiento del mundo. Estoy volando y conversando con los
ángeles, escuchando voces y revelaciones que en breve serán
olvidadas, pero que en este momento son tan reales como el
águila frente a mí. Jamás seré capaz de explicar lo que siento, ni
siquiera a mí misma… ¿Pero qué importancia tiene eso? Es el
futuro, y todavía no he llegado allá, estoy en el presente.

La mente racional desaparece de nuevo y yo lo agradezco.
Reverencio a mi gigantesco corazón, lleno de luz y poder, que
puede abarcar todo lo que ya ocurrió y lo que ocurrirá desde
hoy hasta el fin de los tiempos.

Escucho algo por primera vez: ladrido de perros. Estamos
aproximándonos al suelo y la realidad comienza a regresar.
Dentro de poco estaré pisando el planeta donde vivo, pero
experimenté todos los planetas y todos los suelos con mi corazón, que era más grande que todo.

Quiero permanecer en este estado, pero el pensamiento
está volviendo. Veo nuestro hotel a la derecha. Los lagos han
quedado ocultos por los bosques y por las pequeñas elevaciones.

Dios mío, ¿no me puedo quedar así para siempre?

"No puedes hacerlo", dice el águila que nos condujo al parque donde aterrizaremos en algunos instantes, y que ahora se
despide, porque encontró una nueva corriente de aire caliente;
vuelve a subir sin el menor esfuerzo, sin batir las alas, sólo controlando el viento con sus plumas. "Si permanecieras así para
siempre, no podrías vivir en el mundo", dice.

¿Y entonces? Comienzo a conversar con el águila, pero veo

que estoy haciéndolo de manera racional, intentando discutir. ¿Cómo podré vivir en el mundo después de haber pasado por lo que pasé en la Eternidad?

"Encuentra la forma", responde el águila, pero su voz ya es casi inaudible. Entonces se aleja, para siempre, de mi vida.

El instructor susurra algo, me recuerda que debo dar una carrerita en el momento en que mis pies toquen el suelo.

Veo el pasto delante de mí. Lo que antes tanto ansiaba, llegar a tierra firme, se convierte en el fin de algo.

¿De qué, exactamente?

Mis pies tocan el suelo. Corro un poco y pronto el instructor está controlando el parapente. Enseguida viene a mí y suelta las correas. Me mira. Yo miro fijamente el cielo. Todo lo que veo son otros parapentes de colores aproximándose adonde estoy.

Me doy cuenta de que estoy llorando.

—¿Está bien?

Muevo la cabeza afirmativamente. No sé si él entiende lo que viví.

Sí, lo entiende. Dice que, una vez por año, vuela con alguien que tiene la misma reacción que yo.

—Cuando les pregunto qué es, no logran explicarlo. Con mis amigos pasa lo mismo: ciertas personas parecen entrar en estado de *shock* y sólo se recuperan cuando ponen los pies en la tierra.

Es exactamente lo contrario. Pero no estoy dispuesta a explicar nada.

Agradezco sus palabras de "consuelo". Me gustaría decirle que no quiero que eso que experimenté allá arriba termine. Pero descubro que ya acabó y no tengo ninguna obligación de explicarle nada a nadie. Me aparto y me voy a sentar en una de las bancas del parque, esperando a mi marido.

No puedo dejar de llorar. Él aterriza, se acerca a mí con una gran sonrisa, dice que fue una experiencia fantástica. Sigo llorando. Él me abraza, dice que ya pasó, que no debería haberme obligado a hacer algo que yo no quería.

No es nada de eso, respondo. Déjame tranquila, por favor. Dentro de poco estaré bien.

Alguien del equipo de apoyo viene a buscar la ropa térmica y los zapatos especiales y nos entrega nuestros abrigos. Todo lo hago de modo automático, pero cada gesto me devuelve a un mundo diferente, al que llamamos "real", donde yo no quería estar de ninguna manera.

Sin embargo, no tengo elección. Lo único que puedo hacer es pedirle a mi marido que me deje un rato a solas. Él pregunta si debemos entrar al hotel, porque hace frío. No, estoy bien aquí.

Me quedo ahí media hora, llorando. Lágrimas de bendición, que lavan mi alma. Finalmente me doy cuenta de que es hora de volver de nuevo al mundo.

Me levanto, voy al hotel, tomamos el auto y mi marido conduce de vuelta a Ginebra. La radio está encendida, así nadie tiene que conversar. Poco a poco comienzo a sentir un terrible dolor de cabeza, pero sé lo que es: la sangre volvió a correr en partes que estaban bloqueadas por los acontecimientos que van disolviéndose. El momento de liberación viene acompañado de dolor, pero siempre ha sido así.

Él no necesita explicar lo que dijo ayer. Yo no necesito explicar lo que sentí hoy.

El mundo es perfecto.

FALTA sólo una hora para que termine el año. La prefectura se decidió por un recorte significativo de gastos con el tradicional *réveillon* de Ginebra, de manera que tendremos menos fuegos artificiales. Mejor así: he visto fuegos toda mi vida y ya no despiertan en mí la misma emoción que cuando era niña.

No puedo decir que voy a extrañar estos trescientos sesenta y cinco días. Hizo mucho viento, cayeron rayos, el mar casi volteó mi barco, pero al fin logré atravesar el océano y llegué a tierra firme.

¿Tierra firme? No, ninguna relación puede buscar eso. Lo que mata la relación entre dos personas es justamente la falta de desafíos, la sensación de que ya nada es novedad. Debemos seguir siendo una sorpresa uno para el otro.

Todo comienza con una gran fiesta. Aparecen los amigos, el celebrante dice una serie de cosas que ha repetido en los cientos de bodas que ofició, como esa idea de construir una casa en la roca, y no en la arena; los invitados nos arrojan arroz. Lanzamos el ramo, las mujeres solteras nos envidian secretamente; las casadas saben que estamos iniciando un camino que no es lo que leemos en los cuentos de hadas.

Y entonces la realidad se va instalando poco a poco, pero no lo aceptamos. Queremos que nuestra pareja permanezca siendo *exactamente* esa persona que encontramos en el altar y con quien intercambiamos alianzas. Como si pudiéramos parar el tiempo.

No podemos. No debemos. La sabiduría y la experiencia no transforman al hombre. El tiempo no transforma al hombre. Lo único que nos transforma es el amor. Mientras estaba en el aire, entendí que mi amor por la vida, por el universo, era más poderoso que todo.

RECUERDO un sermón que un joven pastor desconocido escribió en el siglo XIX, analizando la Epístola de san Pablo a los Corintios y las diversas caras que el amor va revelando a medida que crece. Nos dice que muchos de los textos espirituales que vemos hoy sólo están dirigidos a una parte del hombre.

Ofrecen Paz, pero no hablan de la Vida.

Discuten la Fe, pero se olvidan del Amor.

Cuentan sobre la Justicia, y no mencionan la Revelación, como la que tuve al saltar del abismo de Interlaken y que me hizo salir del agujero negro que yo misma había cavado en mi alma.

Que yo tenga siempre claro que sólo el Amor Verdadero puede competir con cualquier otro amor de este mundo. Cuando lo entregamos todo, ya no tenemos nada que perder. Y entonces desaparecen el miedo, los celos, el aburrimiento y la rutina, y sólo queda la luz de un vacío que no nos asusta, sino que nos acerca uno al otro. Una luz siempre cambiante, y es eso lo que la hace bella, llena de sorpresas; no siempre las que esperamos, sino ésas con las que podemos convivir.

Amar abundantemente es vivir abundantemente.

Amar para siempre es vivir para siempre. La vida Eterna está entrelazada con el Amor.

¿Por qué queremos vivir para siempre? Porque queremos convivir un día más con la persona que está a nuestro lado. Porque queremos seguir con alguien que merezca nuestro amor y que sepa amarnos como creemos que lo merecemos.

Porque vivir es amar.

Hasta el amor por una mascota, un perro, por ejemplo, puede justificar la vida de un ser humano. Si él ya no tuviera ese lazo de amor con la vida, desaparecería también cualquier razón para seguir viviendo.

Busquemos primero el Amor, y todo lo demás nos será otorgado.

Durante estos diez años de matrimonio disfruté de casi todos los placeres que una mujer puede tener, y sufrí cosas que no merecía. Incluso así, al mirar mi pasado, quedan sólo unos pocos momentos, generalmente muy cortos, en que pude hacer una pobre imitación de lo que imaginé era el Amor Verdadero: cuando vi a mis hijos nacer, cuando me senté de la mano con mi marido mirando los Alpes o el inmenso chorro de agua del lago Léman. Pero son esos pocos momentos los que justifican mi existencia, porque me dan fuerza para seguir adelante y alegran mis días, por más que yo haya intentado entristecerlos.

Voy a la ventana y miro la ciudad allá afuera. La nieve que habían prometido no cayó. Incluso así pienso que éste es uno de los *réveillons* más románticos que he tenido, porque estaba muriendo y el Amor me resucitó. El amor, lo único que permanecerá cuando la propia raza humana se haya extinguido.

El Amor. Mis ojos se llenan de lágrimas de alegría. Nadie puede obligarse a amar, y tampoco puede obligar a otra persona a hacerlo. Todo lo que se puede hacer es mirar el Amor, enamorarse de él, e imitarlo.

No existe ninguna otra forma de conseguir amar y no hay en eso ningún misterio. Amamos a los demás, nos amamos a nosotros mismos, amamos a nuestros enemigos, y eso hará que jamás falte nada en nuestras vidas. Puedo encender la televisión y ver lo que está ocurriendo en el mundo, porque si en cada una de esas tragedias existe un poco de amor, estamos caminando hacia la salvación. Porque el Amor genera más Amor.

Quien sabe amar, ama la Verdad, se alegra con la Verdad y no teme, porque tarde o temprano ella redime todo. Busca la

Verdad con la mente limpia, humilde, sin prejuicios ni intolerancia, y acaba satisfecho con lo que encuentra.

Tal vez la palabra "sinceridad" no sea la mejor para explicar esta característica del Amor, pero no logro encontrar ninguna otra. No estoy hablando de la sinceridad que humilla al prójimo; el Amor Verdadero no consiste en exponer a los demás su debilidad, sino en no tener miedo de demostrarla cuando se necesita ayuda y alegrarse al ver que las cosas son mejores de lo que otros dijeron.

Pienso con cariño en Jacob y en Marianne. Sin querer, ellos me trajeron de vuelta a mi marido y a mi familia. Espero que sean felices esta última noche del año. Que todo esto también los haya acercado más.

¿Estaré tratando de justificar mi adulterio? No. Busqué la Verdad y la encontré. Espero que sea así para todos los que tengan una experiencia igual.

Saber amar mejor.

Ése debe ser nuestro objetivo en el mundo: aprender a amar.

La vida nos ofrece miles de oportunidades para aprender. Todo hombre y toda mujer, cada día de su vida, tiene siempre una buena oportunidad de entregarse al Amor. La vida no es un largo día feriado, sino un aprendizaje constante.

Y la lección más importante es aprender a amar.

Amar cada vez mejor. Porque desaparecerán las lenguas, las profecías, los países, la sólida Confederación Helvética, Ginebra y la calle donde vivo, los postes de luz, la casa en la que estoy ahora, los muebles de la sala… También mi cuerpo desaparecerá.

Pero una cosa quedará para siempre marcada en el alma del universo: mi amor. A pesar de mis errores, de mis decisiones que hicieron sufrir a otros, de los momentos en que yo misma pensé que el amor no existía.

ME APARTO de la ventana, llamo a los niños y a mi marido. Les digo que, como ordena la tradición, tenemos que sentarnos en el sofá frente a la chimenea y, a medianoche, pisar en el suelo con el pie derecho.

—¡Mi amor, está nevando!

Corro a la ventana otra vez, miro la luz de uno de los postes. ¡Sí, está nevando! ¿Cómo no lo noté antes?

—¿Podemos salir? —pregunta uno de los niños.

Todavía no. Primero vamos a sentarnos en el sofá, comer las doce uvas y guardar las semillas para tener prosperidad todo el año; hacer todo lo que aprendimos de nuestros antepasados.

Después saldremos a celebrar la vida. Estoy segura de que el nuevo año será excelente.

Ginebra, 30 de noviembre de 2013